PRIX : 50 CENTIMES.

DENTU, LIBRAIRE-ÉDITEUR

de la Société des Auteurs et Compositeurs dramatiques et de la Société des Gens de Lettres,
17 et 19, galerie d'Orléans, Palais-Royal.

DION BOUCICAULT — EUGÈNE NUS

JEAN LA POSTE

DRAME EN CINQ ACTES ET DIX TABLEAUX

Décors de MM. T. Grieve, Philastre et Chambouilleron. — Musique de M. J. Fossey. — Costumes de M. J. Constant et de Mme Chauvry. — Machines de M. Ad. Varnoult. — Divertissements réglés par M. Fuchs.
Représenté pour la première fois, à Paris, sur le théâtre de la Gaîté, le 20 Juin 1866.

DISTRIBUTION

JEAN LA POSTE.......	MM. Dumaine	LE MAJOR...........	MM. Julian	NORA STRENY.........	Mme Antonine
LE COLONEL O'GRADY	Manuel	LE LIEUTENANT CLAY	Henri	FANNY DALTON......	Colombier
MICHEL MORGAN.....	Perrin	UN MINISTRE........	Drémond	KATTY, vieille mendiante MM. Thierry
LE SERGENT BLINDER.	Alexandre	PADDY.............	Chevalier	PATSEY..............	Maison
DANIEL MACCOUM....	Ariste	REGAN.............	Mallet	Paysans, Paysannes, Officiers, Soldats.

L'action se passe en Irlande en 1780.

Repris sur le théâtre de la Porte-Saint-Martin, le 12 avril 1876.

Décors de MM. Chéret, Robecchi et Cornil. — Musique de M. J. Fossey. — Costumes dessinés par M. J. Marre, exécutés par Mmes Mores et M. Trouchain. — Machines de M. Brabant. — Divertissement par Mme Mariquita.

DISTRIBUTION

JEAN LA POSTE.......	MM. Dumaine	LE MAJOR...........	MM. Perrier	NORA STRENY....	Mmes Angèle Moreau
LE COLONEL O'GRADY.	Faille	LE LIEUTENANT CLAY.	Néraut	FANNY DALTON...	Lacressonnière
MICHEL MORGAN.....	Perrin	UN MINISTRE.......	* * *	KATTY, vieille mend. MM. Thierry
LE SERGENT BLINDER.	Vollet	PADDY.............	Bellet	PATSEY.........	H. Roze
DANIEL MACCOUM....	R. Didier	REGAN.............	Rolle	Paysans, Paysannes, Officiers, Soldats.

ACTE PREMIER

PREMIER TABLEAU

Pays montagneux, sentiers praticables. — Clair de lune. — Mer et montagnes au lointain. — Un site pittoresque et sauvage. — Au fond un château fort dont les murs sont tapissés de lierre, adossé contre une colline et dominant la mer. Des lumières brillent aux fenêtres de ce château. A gauche, rochers praticables devant lesquels passe une grande route.

SCÈNE PREMIÈRE

PADDY, MACCOUM, Paysans, puis REGAN. Au lever du rideau, la scène est vide; Paddy paraît, arrivant rapidement par la droite; il s'arrête, regarde autour de lui, et,

la main sur la bouche, imite le cri du coq de bruyère. Aussitôt, de divers côtés, paraissent Maccoum et des paysans irlandais qui se tenaient cachés dans les roches ou derrière les buissons. Maccoum porte un costume de gentilhomme du temps, caché sous une longue houppelande, pareille à celles que portent les paysans.

MACCOUM, *qui s'est avancé au-devant de Paddy, en descendant le sentier des rochers.*

Eh bien?

PADDY.

Michel Morgan revient sur la voiture de la poste, conduite par Jean, le facteur.

MACCOUM.

Ont-ils achevé leur triste besogne? Combien a-t-on vendu la terre des Maccoum?

Y Th
4880

PADDY.

Pas un penny, Votre Honneur; aucun acquéreur ne s'est présenté.

MACCOUM.

Et l'ameublement du vi-ux château ? le portrait de mes ancêtres ? les armes de mon père ? le fauteuil où ma mère s'est assise pour la dernière fois ?

PADDY.

Tout cela est encore à la même place, Daniel Maccoum; personne n'a acheté...

MACCOUM.

Braves cœurs ! brave peuple ! Ainsi, la couronne d'Angleterre reste propriétaire de mes biens, et c'est cette espèce d'huissier, de recors, ce traître, cet espion, ce Michel Morgan qui touche mes revenus, pour le compte de l'État.

PADDY.

Et il ne fait pas grâce d'une obole à vos tenanciers. Jamais vos fermages n'ont été si bien payés...

MACCOUM.

Il arrive, dis-tu ?

PADDY.

Dans un demi-heure, il sera ici.

MACCOUM.

Soupçonne-t-on ma présence en Irlande ?

PADDY.

Non, Votre Honneur... tout le monde vous croit en France.

MACCOUM, à Regan qui arrive à gauche.

Ah ! Regan, que m'apportes-tu ?

REGAN, bas à Maccoum.

J'ai vu miss Fanny... je lui ai remis votre lettre. Voici la réponse. (Il remet un gant à Maccoum.)

MACCOUM, avec joie, à lui-même.

Elle viendra ! (On entend de nouveau dans les rochers le cri du coq de bruyère.)

PADDY, regardant à droite.

Alerte, la patrouille !

REGAN, qui regardait à gauche.

Et par là, deux officiers.

MACCOUM.

A vos cachettes, mes garçons ! (Les paysans et Maccoum regagnent leurs cachettes. Arrivent, d'un côté le sergent Blinder et une patrouille de dragons en tête de laquelle marche un soldat qui porte une lanterne, de l'autre le colonel O'Grady et le Major.)

SCÈNE II

O'GRADY, LE MAJOR, LE SERGENT, Dragons.

LE MAJOR, s'arrêtant et écoutant le signal des paysans.

Plaît-il ?

O'GRADY.

Qu'avez-vous donc ?

LE MAJOR, regardant autour de lui d'un air soupçonneux.

Les oiseaux ne dorment donc pas dans votre pays, colonel ?

O'GRADY.

Au contraire, major; c'est pour cela qu'ils crient, quand on les réveille.

LE SERGENT, qui arrive avec précaution à la tête de ses hommes, s'arrêtant en voyant dans l'ombre les deux officiers.

Halte !... Qui va là ?

LE MAJOR.

Ronde d'officiers.

LE SERGENT, à ses soldats.

Présentez armes !

O'GRADY.

Rien de nouveau, sergent ?

LE SERGENT.

Rien, colonel.

LE MAJOR.

Surveillez les côtes !... Arrêtez tout ce qui débarque, et tous ceux qui sortent, la nuit, sans laisser-passer. C'est la consigne !

LE SERGENT.

Portez armes !... par le flanc droit, marche! (Il s'éloigne à gauche, avec ses hommes.)

SCÈNE III

O'GRADY, LE MAJOR.

O'GRADY.

Vous croyez à cette fable d'un débarquement d'exilés, soutenus par les Français ?

LE MAJOR.

Un émissaire français s'est introduit dans le pays... peut-être Maccoum lui-même...

O'GRADY.

Folies que tout cela ! Vos espions sont des coquins qui inventent des complots pour gagner leur salaire... (Voyant le Major qui fait quelques pas vers un buisson.) Où allez-vous ?

LE MAJOR.

J'avais vu remuer par ici.

O'GRADY.

C'est l'habitude en Irlande... Quand le vent souffle, les feuilles remuent.

LE MAJOR.

Plaît-il ? (On entend au loin le bruit d'une voiture, le Major dresse les oreilles.) Une voiture !

O'GRADY.

Sur une grande route, c'est assez naturel.

LE MAJOR.

Les voitures ne doivent pas circuler la nuit, sous la loi militaire.

O'GRADY.

Excepté pour les services publics.

LE MAJOR.

Nous allons voir. (Il se met à l'écart.)

O'GRADY, se retirant aussi dans l'ombre.

On appelle cela un soldat!... C'est un limier.

SCÈNE IV

O'GRADY, LE MAJOR, dans l'ombre; JEAN, MORGAN, arrivant par la droite, sur la voiture de la poste.

JEAN, arrêtant sa carriole, descendant de voiture et réveillant Morgan qui ronflait.

Nous voilà au carrefour des Trois-Chemins... votre route est ici... la mienne là... Bonsoir !

MORGAN.

Comment, tu ne me reconduis pas jusqu'à ma porte?

JEAN.

Votre porte n'est pas sur la route de mon service. On m'a commandé de vous prendre sur ma carriole... mais on ne m'a pas dit de me détourner de mon chemin.

MORGAN.

Si je t'offrais un schelling...

JEAN.

Vous m'offririez une guinée... Nora m'attend à sa fenêtre pour me dire bonsoir, quand je passerai en faisant claquer mon fouet... J'aime mieux voir son joli visage, que la face du roi d'Angleterre sur une pièce d'or... Allons, descendez, et bonne route... Si le bien que je vous souhaite vous arrive, vous vous casserez le cou en chemin.

MORGAN, descendant de voiture.

Nora... tu l'épouses demain, m'a-t-on dit ?

JEAN.

Ça vous contrarie?

MORGAN.

Oui.

JEAN.

Je sais que votre vilain museau se tourne souvent de son côté... Retenez bien cette parole, Michel Morgan : si je vous vois rôder à trente pas de ses jupes, je vous promets qu'en votre qualité de receveur public, vous recevrez quelque chose de ma main; aussi vrai qu'on m'appelle Jean la Poste, je casse un bâton de chêne sur votre dos.

MORGAN.

Sais-tu à qui tu parles?

JEAN.

Oui, je connais votre métier... Chacun sait, dans le pays, que vous gagnez votre vie en vendant la peau de vos frères... Mais vous ne ferez pas de commerce avec la mienne. Jean la Poste ne conspire pas... il va son droit chemin sur le pavé de la route, en portant les dépêches publiques; il n'aime pas les habits rouges, et il ne s'en cache pas; mais ça ne suffit pas pour qu'un coquin le fasse pendre.

LE MAJOR, *se montrant.*

Comment, drôle, tu n'aimes pas les Anglais, et tu t'en vantes?

JEAN.

Ah! c'est le major Plait-il... Pardon, major, on ne vous connait que sous ce nom-là dans le pays.

LE MAJOR.

Plaît-il?

JEAN.

Vous voyez, vous n'avez pas volé le sobriquet.

LE MAJOR.

Je te ferai pendre.

JEAN, *imitant la voix du Major.*

Je te ferai pendre... C'est votre refrain... Vous ne trouvez pas d'autres douceurs à nous dire... et vous voulez qu'on vous porte dans son cœur? Soyez donc raisonnable, major.

LE MAJOR.

Tu dois être un traître comme les autres... Ne tombe pas sous ma main.

JEAN.

Pas si bête... on sait que vous ne badinez pas. N'est-ce pas vous qui avez fait rendre cet édit qui condamne à la potence, jeunes ou vieux, hommes ou femmes, tous ceux qui auront donné asile à un proscrit?... si bien qu'on a pendu hier à Glenmore, à la porte de sa cabane, une pauvre femme qui avait reçu pendant quelque temps un fugitif sous son toit... Notez que le fugitif était son fils!...

O'GRADY, *se montrant.*

Son fils!... Et vous le saviez, major?

LE MAJOR.

La loi ne fait pas d'exceptions.

JEAN.

C'est égal, major... cette pendaison-là ne vous aidera pas à monter en paradis. (*Montrant Morgan.*) Et c'est celui-là qui a dénoncé la pauvre femme... Que je le trouve aux trousses de la mienne!...

O'GRADY, *au Major.*

Je référerai de cette affaire au secrétaire d'État, monsieur. Jusqu'à ce que j'aie reçu sa réponse, qu'aucune exécution ne se fasse sans mon ordre.

JEAN.

C'est une bonne idée, O'Grady !... Que Dieu bénisse Votre Honneur !

LE MAJOR, *furieux.*

Si j'étais le maître, je ferais pendre tous les Irlandais !

JEAN, *remontant sur sa carriole.*

Bonne affaire pour les cordiers !

O'GRADY, *au Major.*

Prenez garde, monsieur... Vous insultez une nation, et vous outragez votre colonel...

JEAN, *à part.*

Attrape ça! (*Haut.*) Hue! la Grise. (*Il fouette son cheval et s'éloigne.*)

MORGAN, *qui est resté blotti dans un coin, pendant ces répliques.*

S'ils pouvaient venir de mon côté, ça me ferait une escorte.

O'GRADY, *au Major, en faisant un pas pour s'éloigner.*

Allons, monsieur, venez!

MORGAN.

Bon! ils s'en vont à l'opposé... (*Abordant timidement le Major qui fait un mouvement pour suivre le colonel.*) Pardon, major, je desirerais...

LE MAJOR, *furieux.*

Allez au diable! (*Il sort à droite, avec le Colonel.*)

MORGAN.

C'est précisément pour ça que je voulais aller avec lui!

SCÈNE V

MORGAN, puis MACCOUM.

MORGAN, *seul.*

Voyager la nuit avec une grosse somme dans sa poche, c'est offrir une récompense pour faire tordre son propre cou. Bah! qu'ai-je à craindre? Tout ce pays est sous la loi militaire; personne n'ose mettre le pied dehors, après la tombée de la nuit, sans un laissez-passer... de plus, il y a là-bas un poste de soldats, et les patrouilles circulent toute la nuit. Je serais curieux de voir le rebelle qui oserait montrer son nez sur ces montagnes... (*Il fait quelques pas, et se trouve en face de Maccoum, qui a descendu le sentier, à gauche, et paraît brusquement; reculant.*) Ah! Seigneur Dieu!

MACCOUM, *enveloppé dans sa houppelande, dont le collet lui cache la figure.*

Une belle soirée, monsieur Morgan...

MORGAN, *tremblant.*

Oui, oui... très-belle... (*Faisant un mouvement pour s'éloigner.*) Bonne nuit, bonne nuit...

MACCOUM, *l'arrêtant.*

Un mot...

MORGAN.

Pardon... je suis pressé... on m'attend...

MACCOUM.

Un moment, que diable, j'ai à causer avec vous.

MORGAN.

Avec moi?

MACCOUM.

Nous avons un compte à régler...

MORGAN.

Un compte?... demain matin...

MACCOUM.

Tout de suite! Vous venez de toucher les fermages des propriétés de Daniel Maccoum.

MORGAN.

Moi?

MACCOUM.

Pour le compte du gouvernement...

MORGAN.

Mais...

MACCOUM.

Eh bien! moi, je les prends pour le compte de Daniel Maccoum.

MORGAN.

Comment?

MACCOUM.

Donnez-moi la somme !

MORGAN.

Mais... c'est un vol !...

MACCOUM, *montrant la droite.*

Pas un mot ! Le poste est là-bas!... Si vous avez le malheur d'élever la voix de façon à éveiller l'attention des soldats, ce sera un vol compliqué de meurtre.

MORGAN.

De meurtre?

MACCOUM.

Vous comprenez?

MORGAN.

Oui.

MACCOUM.

Alors, taisez-vous!

MORGAN, *à voix basse et terrifié.*

Ne craignez rien... je n'éveillerai pas une souris...

MACCOUM.

Allons... l'argent!...

MORGAN.

Plus bas, au nom du ciel!... Les soldats vont nous entendre.

MACCOUM.

Dépêchez-vous!

MORGAN.

Au fait, ce n'est pas mon argent, et j'aime autant sauver ma peau. (*Il lui donne une liasse de papiers et une bourse.*)

MACCOUM.

C'est tout?

MORGAN.

Vous pouvez me fouiller... je n'ai pas autre chose...

MACCOUM.

Numéro trois, une lumière! (*Un paysan sort de derrière un rocher, s'avançant à reculons et tenant une lanterne derrière son dos. Effroi comique de Morgan.*) Bon!... un sac d'or et une liasse de billets de banque. Ah! le rôle des redevances, très-bien!

MORGAN, *à part, pendant qu'il compte l'argent.*

Il n'ira pas loin sans un laisser-passer...

MACCOUM.

Un instant. Vous avez encore quelque chose à me remettre.

MORGAN.

Quoi donc?

MACCOUM.

Votre laisser-passer.

MORGAN.

Mon...

MACCOUM.

Vous comprenez, cher monsieur Morgan, qu'il me faut des moyens de circulation pour emporter mon argent.

MORGAN.

Mais, moi?...

MACCOUM.

Vous, vous êtes connu.... avantageusement connu même.

MORGAN, *lui remettant son laisser-passer.*

C'est juste.

MACCOUM.

Très-bien!

MORGAN, *à part.*

Aussitôt libre, je donne l'alarme...

MACCOUM, *qui a examiné le papier.*

Cette passe est tout à fait en règle.

MORGAN, *à part.*

Je le ferai traquer dans les montagnes... (*Il fait quelques pas à droite.*)

MACCOUM.

Pardon, vous vous trompez de chemin... Celui-ci mène au poste de soldats. Voici votre route... (*Il lui montre un sentier à gauche. Morgan se dirige de ce côté.*) Attendez, j'ai un petit avertissement à vous donner... A chaque cinquante pas, il y a un homme caché derrière un rocher ou un buisson... ils vous serviront d'escorte.

MORGAN.

Ah!

MACCOUM.

Et je vous donne ce conseil d'ami : ne quittez pas le droit chemin, et n'ouvrez pas la bouche avant de vous trouver entre vos couvertures!... Maintenant partez! Allons, en route, et vivement!

MORGAN.

Ça... capitaine, j'ai froid dans le dos... je ne sens plus mes jambes... Accompagnez-moi un bout de chemin...

MACCOUM.

Ne craignez rien : ils ne tireront sur vous que si vous faites mine de vous écarter de votre route...

MORGAN.

Puis-je courir?

MACCOUM.

Non, cela donnerait l'éveil à la patrouille, et votre sort serait fixé.

MORGAN.

Ne le fixez pas!... Je me traînerai sur mes deux genoux, s'il le faut, capitaine... Faites-leur dire qu'ils ne tirent pas, qu'ils fassent attention... Une imprudence est sitôt faite... Un mouvement du doigt... le coup part... et... Je voudrais être arrivé!... (*Il s'éloigne en chancelant par le sentier de la montagne.*)

SCÈNE VI

MACCOUM, PADDY, REGAN, PAYSANS.

MACCOUM.

Je savais bien qu'un espion doit être lâche... pst!... (*Les paysans se montrent de tous les côtés.*) Le voilà parti!...

il n'est pas à craindre... (*Riant.*) Je lui ai fait croire que chaque pierre et chaque arbre est une sentinelle qui surveille ses pas... Maintenant, mes garçons, partagez cet or entre vous!... (*Il leur jette le sac d'or.*) N'hésitez pas à le prendre... il est bien à moi... Demain je quitte l'Irlande pour longtemps, pour toujours peut-être... Je n'ai pas voulu me séparer de vous, sans laisser à vos pauvres familles une marque de ma reconnaissance, pour la fidélité et le dévouement que vous avez eus pour moi...

PADDY.

Oh! monsieur, ne saviez-vous pas que nous verserions notre sang goutte par goutte pour le fils des Maccoum?...

MACCOUM.

Je le sais... Depuis six semaines, j'ai pu me cacher dans ces montagnes, sous les yeux même de la troupe, qui campe là-bas dans le vieux château, dont ils ont fait à la fois une prison et une caserne; et la récompense de cinq cents livres offerte par le gouvernement anglais pour la tête du proscrit n'a pu triompher ni de votre amitié, ni de votre misère...

PADDY.

Que Dieu protège votre Honneur!...

MACCOUM.

Allons, il faut nous séparer... demain, à cette même heure, je serai sur mer, en route pour une terre étrangère... (*Regardant autour de lui.*) Je ne reverrai plus peut-être ces scènes de ma jeunesse... O ma patrie, ma pauvre et chère patrie, que Dieu bénisse chaque brin d'herbe qui croît sur tes vertes collines, chaque rayon de soleil qui les dore... Adieu, vieille abbaye de Saint-Hervin, où reposent les cendres des Maccoum, mes ancêtres...

TOUS.

Oui, vivent les Maccoum! vivent les ancêtres de notre maître!

UN PAYSAN.

Que Dieu leur donne une longue vie!

REGAN.

Imbécile!.... puisqu'ils sont morts...

TOUS.

Vivent les Maccoum! (*Les paysans s'empressent autour de lui, en baisant les pans de son habit et ses mains.*)

MACCOUM.

Doucement, doucement, mes amis... pas de bruit, pas de cris... Séparons-nous en silence! Dieu vous garde!

REGAN.

Que les anges vous suivent et vous protègent! (*Maccoum leur donne une poignée de main à chacun.*)

PADDY, *écoutant et regardant à gauche.*

Chut!

REGAN.

Quoi donc?

PADDY.

Là-bas, un cheval qui s'approche.

MACCOUM.

Ne craignez rien... la personne qui s'approche est une femme. (*A Regan.*) Va, Regan. (*Regan va-au-devant de Fanny.*) Une femme qui m'aime si bien, qu'elle quitte tout, foyer, fortune, amis, pour suivre le pauvre exilé au delà des mers... Mes amis, lorsque, dans vos prières, vous vous souviendrez de Daniel Maccoum, n'oubliez pas de joindre deux noms au sien... celui de Fanny Dalton, qui va partager ma destinée, et celui de Nora Streny, qui a risqué sa vie pour me sauver... Allez! allez! (*Il s'avance au-devant de Fanny qu'on ne voit pas encore.*)

PADDY, *aux paysans.*

Dispersons-nous, camarades! mais ne nous éloignons pas trop, et veillons sur lui! (*Ils disparaissent de divers côtés. Fanny paraît en scène.*)

SCÈNE VII

MACCOUM, FANNY.

FANNY.

Me voici, Daniel.

MACCOUM.

Chère Fanny, vous êtes venue, merci!

FANNY.

Oui, remerciez-moi ! je fais pour vous de belles choses. Je me suis échappée, pour ce rendez-vous, de la maison du colonel O'Grady, mon bon tuteur, qui m'aime si tendrement. Depuis un mois, je trompe tout le monde, je mens à tous... Ce matin encore, j'ai eu le courage de sourire au colonel... Ah ! je suis sans cœur ! et c'est votre faute.

MACCOUM.

Et moi, Fanny, je ne vous aime donc pas ?

FANNY.

Et c'est demain, m'avez-vous écrit, demain qu'il faut tout quitter pour vous suivre.

MACCOUM.

C'est demain que nous serons l'un à l'autre pour jamais !

FANNY.

Demain, mais c'est impossible, Daniel... jamais je ne me déciderai à cela. Y songez-vous ? Que dira le monde ? Que pensera-t-on de moi, quand je serai partie ?

MACCOUM.

On dira que Daniel Maccoum est revenu de son exil pour réclamer la main de la femme qu'il aimait, la main de la plus belle et de la plus pure jeune fille du comté, qui lui a gardé son cœur pendant quatre longues années d'absence. Vous repentez-vous donc, Fanny, d'avoir cru à mon amour ?

FANNY.

Plaignez-vous, je vous le conseille ! Je vais tout quitter pour vous... vous allez m'emmener... Dieu sait où... Si un jour vous ne m'aimez plus, que deviendrai-je ?

MACCOUM.

Comme ce jour n'arrivera jamais, je suis tranquille sur votre sort.

FANNY.

Eh bien ! moi, je suis moins rassurée... Croyez-vous aux présages, Daniel ?

MACCOUM.

Quand ils sont bons, toujours.

FANNY.

Écoutez-moi ! Hier soir, j'ai voulu lire... j'ai ouvert un livre, et j'y ai trouvé, entre deux feuillets, une de vos anciennes lettres d'amour que j'y avais placée comme par mégarde... cela m'a fait réfléchir... Si un jour Daniel me laissait, ainsi que j'ai laissé cette lettre comme une marque au milieu d'un conte d'amour, et fermait son cœur comme j'ai fermé le volume à moitié lu !

MACCOUM.

Très-bien, je vois ce que c'est. Vous n'êtes pas assez sûre de moi pour confier votre sort à ma sauve-garde.

FANNY.

Non, ce n'est pas cela.

MACCOUM.

Vous désirez que je reste ici, jusqu'à ce que vous soyez décidée... Vous n'êtes pas précisément certaine que vous m'aimiez au point de me sacrifier votre fortune, vos amis...

FANNY.

Oh !

MACCOUM.

Et vos admirateurs... Vous avez raison... c'est un immense sacrifice que de renoncer à l'adoration de tout le comté, et l'on doit y regarder à deux fois.

FANNY.

Daniel !

MACCOUM.

Soit ! je resterai ici, jusqu'à ce que vous m'aimiez davantage. Je passerai mes jours dans le creux des rochers, ou caché dans le fond des bois ; la nuit, je m'assoupirai dans une caverne, glacé, solitaire et misérable...

FANNY.

Assez ! assez ! j'irai où il vous plaira, je ferai ce que vous voudrez... Pauvre ami, quelle existence ! Quoi ! par ces nuits si froides, vous n'avez pour refuge... Oh ! mon Dieu ! je ne pensais pas à cela...

MACCOUM.

Je songeais à vous, Fanny... et votre image me tenait lieu de chaleur et de lumière...

FANNY.

Taisez-vous ; je mérite tous vos reproches, pour avoir douté au seul instant... Dites, que dois je faire ?

MACCOUM.

Ce soir, à une heure après minuit, je serai, avec le prêtre, dans la chapelle de la falaise. C'est là que notre mariage aura lieu... Job le pêcheur nous prendra dans sa barque, et, une heure après, nous serons à bord d'un navire français.

FANNY.

Mon Dieu, tout cela est bien terrible !

MACCOUM.

Croyez-vous, chère Fanny, que je puisse faire afficher dans la cathédrale de Saint-Patrick, le mariage de Daniel Maccoum, proscrit, et de Fanny Dalton, célibataire ?

FANNY.

Il rit de mes craintes !

MACCOUM.

Quand je devrais les dissiper d'un baiser... J'ai tort...

FANNY.

Chut ! on vient !...

REGAN, *sortant d'un buisson en se traînant sur le ventre.*
Monsieur, monsieur, voici la patrouille !

FANNY.

La patrouille... fuyez ; Daniel, fuyez ! (*On voit arriver, à gauche, le Sergent et les soldats.*)

MACCOUM.

Fuir !... impossible !... ils nous ont aperçus... Sauve-toi, Regan... (*A Fanny.*) Ne craignez rien, je réponds de tout !... (*Les soldats approchent, Fanny obéissant son voile.*)

SCÈNE VIII

DANIEL, FANNY, LE SERGENT, Soldats.

LE SERGENT.

Halte ! (*S'avançant vers Maccoum.*) Que faites-vous ici, à pareille heure ?

MACCOUM, *lui montrant Fanny qui se tient à l'écart,* — *à mi-voix.*

O sergent, n'ai-je pas la plus belle raison du monde, à mes côtés ?...

LE SERGENT.

Je ne demande pas à voir votre raison, mais vos papiers...

MACCOUM.

Enchanté de vous être agréable... les voici !...

FANNY, *à part.*

Je meurs de frayeur !... (*Le Sergent a vu le costume de gentilhomme que porte Maccoum pendant un mouvement que celui-ci a fait pour prendre le laisser-passer. Le soldat qui porte la lanterne s'approche ; le Sergent examine le papier en le tenant à l'envers.*)

MACCOUM, *à part.*

Il ne sait pas lire !... (*Haut.*) Eh bien ! sergent, est-ce en règle ?

LE SERGENT.

Tout à fait en règle.

FANNY, *à part.*

Quelle audace !

LE SERGENT, *rendant le papier à Maccoum.*

Je regrette, mon gentilhomme, de vous avoir dérangé... Mais, vous savez, la consigne...

MACCOUM.

Comment donc !... j'admire vos précautions... Voulez-vous permettre à vos hommes de boire cet écu à ma santé ?

LE SERGENT, *empochant l'écu.*

C'est trop d'honneur pour eux, Excellence !

MACCOUM.

Je vois que vous allez du côté de Laragh... me serait-il possible de profiter de votre escorte ?... Les montagnes me paraissent peu sûres... et je suis porteur d'une grosse somme d'argent.

LE SERGENT.

Vous n'avez rien à craindre avec nous... Par ici...

FANNY, *à part.*

Ah! c'est trop fort!

MACCOUM, *le prenant à part.*

Sergent... Si nous nous rencontrions une autre fois... (*Lui montrant Fanny.*) Pas un mot de cette petite aventure... Vous comprenez?...

LE SERGENT, *riant.*

Connu... motus! (*Le sergent a rejoint ses soldats, Maccoum se rapproche de Fanny.*)

MACCOUM.

Venez, madame...

FANNY, *bas à Maccoum, lui prenant le bras.*

Vous osez...

MACCOUM.

Hein!... s'ils se doutaient du prix que vaut ma tête.

LE SERGENT.

En avant! marche!

MACCOUM.

Voilà un brave sergent, qui perd 500 livres, pour un écu. (*Ils sortent à droite, escortés par la patrouille; les paysans reparaissent dans les rochers, et se les montrent en riant. Rideau.*)

DEUXIÈME TABLEAU

À droite, deuxième plan, la chaumière de Nora, dont la fenêtre fait face au public; un banc devant la fenêtre. — Au premier plan, entrée d'un hangar attenant à la chaumière. — À gauche des arbres, des bosquets, un puits. — Au troisième plan, une haie avec une grande entrée au milieu. — On voit, au loin, le vieux château adossé contre la falaise, et dominant la mer.

SCÈNE PREMIÈRE

JEAN, *seul, arrivant par le fond.* (*S'approchant de la cabane.*)

Voilà la cabane où mon cœur s'est promené toute la nuit... la coquille qui renferme la perle de mon âme... une perle de la plus belle eau, comme les plus grands lords n'en ont pas... Est-elle réveillée? (*Il frappe discrètement à la porte.*) Si vous dormez, ne répondez pas!... mais si vous êtes levée, ouvrez doucement la porte! (*Nora ouvre ses volets.*)

SCÈNE II

JEAN, NORA.

JEAN.

Ah! elle ouvre sa fenêtre... Voilà le rayon de l'aurore.

NORA.

Qui est-ce qui grogne devant ma porte? C'est l'âne qui se sera échappé de son écurie... pauvre bête!

JEAN, *à part.*

Elle me prend pour l'âne!

NORA, *à part.*

C'est Jean!... (*Haut.*) Ou le veau qui cherche sa mère...

JEAN.

J'ai donc la voix d'un quadrupède... Voilà ce que c'est que de causer toute la journée avec ma vieille jument!

NORA.

Il se cache!... si je pouvais voir... (*Elle passe la tête par la fenêtre.*) Jean passe un bras autour de son cou.) Ah! mon Dieu, qu'est-ce que c'est?

JEAN.

Ne faites pas attention... c'est l'âne qui se promène. (*Il l'embrasse.*)

NORA.

Mais lâchez-moi!... lâchez-moi donc!

JEAN.

Pas avant d'avoir pris ma pitance... Faute de foin, l'âne broute les fleurs; tant pis pour le bouquet de tes joues!

NORA.

Finissez!... voilà de belles manières... Est-ce ainsi qu'on traite une jeune fille?

JEAN.

C'est le seul traitement que je te réserve. S'il ne te va pas, il ne faut pas m'épouser aujourd'hui...

NORA.

D'abord, qu'est-ce qui vous amène ici?... Croyez-vous donc que j'avais besoin de vous voir?... (*Elle va et vient dans sa chambre, essuyant sa vaisselle, etc.*)

JEAN.

Oui, je me suis dit: Voilà Nora toute seule ayant à traire la vache, à soigner les poules et à nettoyer la grange pour la noce de ce soir, sans personne pour l'aider... je vais aller lui donner un coup de main.

NORA.

Après avoir battu la route, toute la nuit, de Glenmore à Kildare... Vous n'avez donc pas dormi?

JEAN.

Dormir quand ta jolie figure est toujours là, devant mes yeux!... je n'ai pas trop de vingt-quatre heures par jour pour penser à toi.

NORA.

Laissez-moi! vous vanez de dévaliser les abeilles, ou de manger de la fleur de luzerne, car vous avez du miel à la langue!

JEAN.

Non, aux lèvres... depuis que je t'ai embrassée... Voyons, donne-moi la clef de la grange... que je mette tout en ordre.

NORA, *sortant de sa cabane.*

Vous n'avez pas besoin d'aller dans la grange... tout est préparé. (*Elle tient une baratte, qu'elle pose devant le banc, sous la fenêtre.*)

JEAN.

Pourtant, je serais bien aise de voir...

NORA.

Vous ne verrez rien du tout! Allez chercher la vache dans le pré, là-bas; et à votre retour, j'aurai peut-être une belle galette toute chaude pour vous fermer la bouche.

JEAN, *riant.*

Il y a une galette au milieu de ton visage, Nora, toujours chaude et prête à me fermer la bouche.

NORA, *le poussant et le ménageant.*

Voulez-vous bien aller tout de suite où je vous ai dit... ou gare à vous!

JEAN, *s'éloignant.*

Nous verrons qu'elle me battra, de ses propres petites mains, quand nous serons mariés, si je n'obéis pas comme un caporal, à la consigne... je me ferai battre souvent.

SCÈNE III

NORA, *puis* MACCOUM.

NORA.

Il s'en va!... (*Elle lui envoie des baisers.*) Ah! Jean, mon bien-aimé, mon cœur est avec toi!

MACCOUM, *arrivant par le fond.*

Il est parti... je puis me montrer.

NORA.

Comment! vous n'êtes pas dans la grange... à dormir... Et moi qui n'osais pas vous porter votre déjeuner, dans la crainte de vous éveiller... Sortir en plein jour, quelle imprudence!

MACCOUM.

Je n'avais rien à craindre; j'ai été escorté, ce matin, par un détachement de soldats.

NORA.

Mon Dieu, on vous a arrêté, et vous vous êtes enfui...

MACCOUM.

Pas du tout... j'ai donné une poignée de main au sergent, et nous nous sommes quittés les meilleurs amis du monde.

NORA.

À quels dangers vous vous exposez!

MACCOUM.

Et à quel danger je t'expose, ma pauvre Nora... mais tu l'as voulu.

NORA.

C'eût été beau, si vous aviez cherché un autre asile que celui-là !

MACCOUM, *la regardant avec attendrissement.*

Chère enfant !... c'est qu'ils la tueraient sans pitié... Il n'y a pas à dire, tant que je suis ici, elle a autour du cou la même corde que moi !...

NORA, *gaiement.*

Si l'on venait me pendre à la porte de cette maison que vous avez donnée à ma mère, ma vie serait le seul loyer que nous aurions jamais payé pour tout ce que nous avons reçu de vous.

MACCOUM.

Que dis-tu là ? perds-tu la tête ? As-tu oublié ce que mon père m'a révélé à son lit de mort ? Es-tu ma vassale... ou ma sœur ?

NORA.

Dites cela plus bas ! Pour la mémoire de celle qui m'a donné la vie, ce secret doit être gardé par nos deux cœurs, comme il l'est par les deux tombes... je ne l'ai dit qu'à celui qui doit tout savoir...

MACCOUM.

Ton fiancé, n'est-ce pas ? A la bonne heure ! tu prends le mariage au sérieux... une seule âme, une seule pensée !... Si toutes les femmes te ressemblaient !...

NORA.

Il y a une tache sur mon berceau... Jean devait la connaître... On ne sait pas... ça pouvait le faire changer d'avis... Tous les hommes ne se soucient pas d'épouser une fille qui ne porte pas le nom de son vrai père !... Je ne voulais pas devoir mon mari à un mensonge !

MACCOUM.

Mais alors, pourquoi lui fais-tu un mystère de mon retour en Irlande et de mon séjour chez toi ?

NORA.

Tant que nous ne sommes que fiancés, nos biens ne sont pas communs... Si j'ai, comme vous le dites, une corde autour du cou, il n'a pas encore le droit d'en réclamer la moitié.

MACCOUM.

Et tu gardes le danger pour toi seule ?

NORA.

Tant pis pour lui ! c'est mon droit...

MACCOUM.

Ah ! Nora, tu as un cœur d'or. (*A part.*) Si sa mère lui ressemblait, je comprends la faute de mon père... (*Haut.*) Tends tes mains, petite sœur !

NORA.

Pourquoi faire ?

MACCOUM, *lui mettant dans les mains une poignée de billets de banque.*

Voilà ta dot !

NORA.

Des billets de banque! non, je n'accepte pas... Vous êtes trop pauvre !

MACCOUM.

Refuserais-tu mon cadeau de noces ?... Prends! j'ai des ressources en France, et j'y serai demain... Cette nuit, tu pourras tout dire à Jean; et ajoute qu'il a un ami dans Maccoum, puisque tu l'aimes... — Ah ! cette nuit, je voudrais qu'elle fût passée !... Plus je salut, plus le bonheur approchent, plus je suis inquiet... n'oublie pas ce que je t'ai dit, si quelque malheur arrive... Tu ne m'as pas vu, tu me croyais en France, et c'est à ton insu que je me suis glissé dans cette grange...

NORA.

Comme vous tremblez pour moi !... ne craignez donc rien, et ne pensez qu'à vous ! Va-t-on pas s'imaginer que je cache un proscrit dans ma grange où tout le village va danser ce soir !

MACCOUM.

Tu as raison... je ne sais d'où me vient cette bouffée de mélancolie... Peut-être de ce que je meurs de faim?

NORA.

Votre déjeuner chauffe sur le fourneau... Entrez par là. (*Elle lui indique la porte de la chaumière.*)

MACCOUM.

Et je regagne vite ma cachette sous le toit où je perche, en société avec les chats, une douzaine de poules et trois dindes...

NORA.

On vient... dépêchez-vous ! (*Il entre dans la cabane, pressé par Nora qui ferme vivement les volets de la fenêtre. Morgan arrive en scène, regardant d'un air soupçonneux Nora et la porte par laquelle Maccoum vient de disparaître.*)

SCÈNE IV

NORA, MORGAN.

MORGAN.

Tiens ! où est-il donc ?

NORA.

Qui ça ? (*Elle prend des jattes sous le hangar, et se met à faire le beurre.*)

MORGAN.

Jean.

NORA.

Est-ce que je sais !

MORGAN.

Doucement, Nora, doucement... c'est un bon petit mensonge... En arrivant au sommet de la colline, là-bas, je vous ai aperçus ici tous les deux, bavardant ensemble.

NORA.

Vraiment ?... J'espère que ça vous a fait plaisir !

MORGAN.

Et en tournant le coin, j'ai vu disparaître le pan de sa houppelande par cette porte...

NORA, *à part.*

C'était Maccoum.

MORGAN.

Pourquoi se cache-t-il de moi ?

NORA.

Lui, se cacher de vous ?

MORGAN.

Puisqu'il s'est enfui à mon approche.

NORA.

Vous vous êtes trompé... personne n'était avec moi.

MORGAN.

Personne n'est entré là ?

NORA.

Personne.

MORGAN.

J'aurai mal vu...

NORA.

Apparemment.

MORGAN.

Ou peut-être... c'était votre ombre que j'ai prise pour Jean la Poste?

NORA.

C'est possible.

MORGAN.

Ah ! Nora, je n'ai pas de chance aujourd'hui ; je perds tout... tout ! Vous d'abord, vous que j'aime de toute mon âme...

NORA.

De toute votre âme, c'est bien peu de chose.

MORGAN.

Et qui épousez aujourd'hui...

NORA.

Chut! il pourrait vous entendre...

MORGAN.

Qui ?... Jean ?... Ah ! il est là, vous voyez bien.

NORA.

Peut-être...

MORGAN.

Eh bien, quand il m'entendrait... Croyez-vous que je rougis de ce que je ressens pour vous ?

NORA.

Non, c'est moi qui en rougis! je ne veux pas qu'il ait une si pauvre op'nion de moi, que de me supposer capable de vous inspirer de l'amour.

MORGAN.

Ah! mais comment me traite-t-on? Quelle créature méprisable suis-je donc à vos yeux? on me repousse comme si j'apportais la peste!...

NORA.

Interrogez-vous, et répondez à vous-même!

MORGAN.

Patience! Attends un peu, ma belle dédaigneuse... Attends comme moi qui sais attendre... et à ceux qui savent attendre, tout arrive... Lorsque mon tour viendra, tout ce que vous me faites souffrir en ce moment, je vous le ferai souffrir...

NORA.

Des menaces?... prenez garde... Si Jean connaissait ces paroles, ce serait un grand malheur pour nous tous, car il aurait bientôt à répondre devant les juges pour votre vie...

MORGAN.

Qu'il réponde d'abord pour mon argent!... Cette nuit, j'avais à peine quitté son char, que je fus entouré et volé par une vingtaine de coquins qui me guettaient... Qui, excepté Jean, savait que j'avais l'argent des fermes de Maccoum?... Qui, excepté lui, connaissait l'heure et l'endroit où l'on pouvait me surprendre?

NORA.

Volé!... et par Jean!... Ah! ah! ah! pour qui et pourquoi aurait-il voulu votre ignoble argent?

MORGAN.

Parbleu, pour vous!

NORA.

Je crois, vraiment, que ce malheureux s'imagine qu'on achète l'amour pour un peu d'or, comme on achète ses trahisons.

MORGAN.

Eh! eh! on n'est pas moins bien reçu, parce qu'on apporte à sa belle de quoi acheter des fichus de soie et des bijoux d'or. L'occasion était bonne, et Jean la Poste est un garçon avisé...

NORA, hors d'elle-même.

Jean n'a pas besoin de voler pour me faire belle, entendez-vous? mauvais homme... (Lui montrant les billets que vient de lui donner Maccoum.) Ce n'est pas l'argent qui me manque, si j'ai envie d'acheter des parures et des bijoux! Tenez, regardez ça!...

MORGAN.

Ah! — Montrez donc!

NORA.

Vous voyez de l'argent qui ne doit rien à personne!...

MORGAN, à part.

Cette tache d'encre!...

NORA.

Et que vous voudriez bien avoir à ce qu'il paraît, car vos yeux s'allument en le regardant.

MORGAN.

Dame! c'est qu'il y en a là pour une bonne somme...

NORA.

Vous voyez bien alors que Jean n'a pas besoin de voler pour moi, et que je n'ai que faire de votre argent ni de votre société. Voilà votre chemin qui vous appelle... bonjour! (Elle rentre dans la cabane.)

SCÈNE V

MORGAN, JEAN.

MORGAN, seul.

La tache d'encre!... la tache d'encre que j'ai faite sur un billet en signant le reçu... je l'ai reconnue... ce sont ceux qui m'ont été volés, il y a quelques heures... Jean faisait partie de la bande... c'est lui qui vient de les lui donner, sans lui dire d'où il les tient... et elle m'a menti, car il est là... enfermé avec elle dans la cabane... je veux m'en assurer tout à fait, pour pouvoir déposer que je l'ai vu de mes

propres yeux... Quel bonheur pour moi! J'étais loin de songer que ce vol me serait si avantageux! (Il regarde par le trou de la serrure.)

JEAN, arrivant en scène.

Que le diable emporte la maudite bête; est-elle méchante, cette vache rousse! Elle est la seule de son sexe que je renoncerais à mener.

MORGAN, penché sur la serrure.

Je ne vois que l'obscurité!

JEAN, l'apercevant.

Qu'est-ce que cela?

MORGAN.

Ah! je crois... oui, le voilà... je le vois...

JEAN, qui s'est approché.

Vraiment? (Il prend par la nuque et par le bas des reins Morgan toujours courbé devant la porte, et l'apporte en le secouant sur le devant du théâtre.)

MORGAN.

A l'aide! à l'assassin! Qui est là?

JEAN, le lâchant.

Vous ne devinez pas?

MORGAN, stupéfait.

Jean!

JEAN.

Vous ne m'aviez pas reconnu?

MORGAN, ahuri, regardant tour à tour Jean et la porte fermée.

Vous n'êtes donc pas...

JEAN.

Où ça?

MORGAN.

Là... dans la cabane...

JEAN.

Non, je n'aime pas à être dans deux endroits à la fois... Ça me gêne...

MORGAN.

Ce n'est pas vous, qui... C'est un autre que...

JEAN.

Qui... quo... quoi?

MORGAN, à part.

Je flaire un mystère!

JEAN.

Je vous ai prévenu hier... je devrais vous casser les reins aujourd'hui... mais je ne veux pas faire cette sale besogne le jour de mon mariage... Seulement tenez-vous le pour dit une seconde et dernière fois... si jamais je retrouve votre nez se promenant dans le trou de cette serrure, vous pouvez être sûr que vous n'aurez rien à moucher pendant le reste de votre misérable vie.

SCÈNE VI

LES MÊMES, NORA.

NORA, sortant de la cabane.

Qu'y a-t-il donc?

JEAN.

Rien; nous causions, cet honnête homme et moi.

MORGAN, à Nora.

Ne m'avez-vous pas dit que Jean était dans la chaumière avec vous?

NORA.

Non, je ne vous ai pas dit cela.

MORGAN.

Je croyais que c'était lui qui vous avait donné l'argent que vous venez de me montrer.

JEAN.

Quel argent?

NORA, embarrassée.

Ne l'écoutez pas!

MORGAN, à part.

Elle a peur. Il y a un homme caché chez elle. C'est lui qui lui a donné mon argent... Ah! Nora, je t'exposerai à la risée de tous, avec ton amant qui est un voleur et un rebelle... et nous verrons lequel ornement tu choisiras pour ton joli cou, de mes deux bras ou de la corde de potence.

JEAN, *qui le regardait et le montrait à Nora, gesticulant dans son soliloque.*

Quand vous aurez fini votre tête-à-tête avec le diable, vous nous ferez plaisir de nous montrer si votre dos est aussi laid que votre figure.

MORGAN.

Je vous souhaite le bonjour ! (*Il s'éloigne.*)

JEAN.

Que l'enfer vous soit propice ! Voilà ma bénédiction, (*On entend les cris et les rires des paysans qui arrivent.*)

SCÈNE VII

JEAN, NORA; puis REGAN, PADDY, PAYSANS ET PAYSANNES.

NORA.

Ah ! voilà nos amis et nos voisins qui viennent nous chercher... vite, à ma toilette !

JEAN, *la retenant.*

Conte-moi donc un peu ce que cette mauvaise bête a voulu dire... Qu'est-ce que c'est que cet argent que tu lui as montré ?

NORA.

Un cadeau de noces qu'on m'a fait... (*Lui montrant les billets de banque.*) Tiens, vois !

JEAN.

Doux Seigneur ! des billets de banque ! Qui t'a donné tout ça !

NORA.

Curieux ! C'est un secret, jusqu'à demain. (*Elle rentre dans la cabane.*)

JEAN.

Jusqu'à demain, ce ne sera pas long. Mais mon bonheur n'a pas de nom ! j'épouse non-seulement la beauté, mais la fortune. (*Arrivent en scène, en criant et chantant, les paysans et paysannes endimanchés.*)

TOUS.

Bonjour, Jean la Poste !

JEAN.

Bonjour, tout le monde, jeunes et vieux, garçons et filles... J'espère que nous allons nous amuser, mes enfants. Je vous préviens que je ne compte me marier qu'une fois dans ma vie. Ainsi profitez de l'occasion. (*Jean a fait signe à des jeunes gens, qui enlèvent la baratte et les jattes, et les portent sous le hangar. Entrent les demoiselles et les garçons d'honneur, portant des bouquets, et précédés des musiciens.*)

SCÈNE VIII

ENTRÉE DE TOUTE LA NOCE.

LES JEUNES FILLES, *chantant à Jean.*

Air de M. Fossey.

Beau marié, reçois ces fleurs
Et ces rubans de deux couleurs ;
Rubans blancs couleur d'innocence',
Rubans verts couleur d'espérance.
Beau marié, prends ce bouquet ;
Que ton désir soit satisfait.

CHŒUR.

Rubans blancs couleur d'innocence,
Rubans verts couleur d'espérance,
C'est le drapeau des Irlandais ;
Nous le mettons à nos bouquets.
(*Les jeunes filles lui donnent des bouquets.*)

JEAN, à l'une d'elles.

Merci, Betzy... Je te rendrai cela, ma fille... Dépêche-toi de choisir un amoureux ; je vais semer des marguerites à ton intention.

LES GARÇONS, à la porte de Nora.

Gentille épouse, nous voilà,
Ton amoureux fidèle est là !
A ses désirs tu dois souscrire,
Il n'est plus temps de se dédire ;

Entends la voix de la raison,
Il faut sortir de ta maison.

CHŒUR.

A ses désirs tu dois souscrire,
Il n'est plus temps de se dédire ;
Entends la voix de la raison,
Il faut sortir de ta maison.
(*Les jeunes filles ont attaché des bouquets à la porte de Nora.*)

NORA, *ouvrant sa fenêtre.*

Me voici, que me voulez-vous ?
Craignez de me mettre en courroux.
Qui vient m'appeler de la sorte?
Pourquoi ces bouquets à ma porte?
Me voici, que me voulez-vous ?
Je ne veux d'amant ni d'époux.

CHŒUR.

A ses désirs il faut souscrire,
Il n'est plus temps de se dédire ;
Entends la voix de la raison,
Il faut sortir de la maison.

NORA, *sortant de sa chaumière.*

Ah ! mon malheur est donc certain
De me marier ce matin.
Amour, voilà ce que tu gagnes;
Défendez-moi, chères compagnes.
Je veux bien lui donner ma foi,
Mais qu'il n'approche pas de moi.

(*Les jeunes filles empêchent Jean d'approcher de Nora qu'elles entourent. Les cloches sonnent. Des paysans amènent le char de Jean, orné de rubans et de fleurs.*)

CHŒUR.

Allons, la cloche nous appelle,
Partons, partons pour la chapelle.
Ma belle, montez sur le char;
Pour se dédire il est trop tard.

JEAN.

Voilà la cloche qui nous appelle, ne la laissons pas s'égosiller, mes enfants, partons.

TOUS.

Partons ! (*Jean monte sur le char avec sa femme, un garçon d'honneur et une fille d'honneur. — Défilé général. Rideau.*)

ACTE DEUXIÈME

TROISIÈME TABLEAU

Une salle dans la maison du colonel O'Grady. — Portes latérales. — Au fond, une baie fermée par des rideaux, terrasse et jardin ; à droite, une table à ouvrage.

SCÈNE PREMIÈRE

FANNY, *seule.* (*Elle entre en scène par le fond.*)

J'ai réussi à regagner ma chambre sans être découverte... mais je n'ai pas réussi à dormir. Je dois être à faire peur ce matin... (*Allant à un miroir devant lequel elle arrange ses cheveux.*) Non, pas trop... Il paraît que les émotions ne me sont pas contraires... n'importe, j'ai honte de moi... Est-ce que vraiment j'irai rejoindre Maccoum dans la chapelle ?... Je l'ai promis... si je lui manquais de parole, il serait capable de se livrer à la mort pour me punir... impossible de me dédire. C'est aujourd'hui le jour de mes noces... Triste jour que je vais passer dans l'appréhension et dans l'angoisse, n'osant pas regarder en face ceux qui m'aiment et ont confiance en moi... A la nuit, enveloppée dans un manteau sombre comme les ténèbres, je dois me sauver comme un voleur, être mariée dans une vieille ruine, à la lueur d'une chandelle, être transportée à la hâte à bord d'une barque malpropre, entourée d'une cinquantaine de contrebandiers, qui sauront tous mon aventure... voilà un joli programme! (*Elle s'assied près de la table.*)

SCÈNE II

FANNY, O'GRADY.

O'GRADY, *entrant par la gauche*.

Comme vous voilà rêveuse, ma pupille, à quoi songez-vous?... A quelque bonne malice que vous préparez contre moi?

FANNY.

Je n'ai jamais rien préparé, colonel; je cède au souffle qui me pousse et au flot qui m'emmène... C'est peut-être mon tort, mais c'est aussi mon excuse.

O'GRADY.

Vous tournez au lugubre ce matin... voyons, déridez ce front... je n'aime pas à vous voir soucieuse... il me semble que vous êtes malade. Seulement gardez un peu de gravité, car j'ai quelque chose de sérieux à vous dire. Voulez-vous m'entendre, FANNY?

FANNY, *prenant une broderie*.

Parlez; je suis tout oreilles, ô le plus ennuyeux des tuteurs!

O'GRADY.

A la bonne heure... vous me dites des injures, le nuage est passé!... (*Il prend une chaise et s'assoit près d'elle.*)

FANNY.

Eh bien! j'écoute!...

O'GRADY.

Vous rappelez-vous ce que vous m'avez dit, la dernière fois que vous m'avez refusé ma main?... il y a bientôt un an de cela.

FANNY, *s'efforçant pour plaisanter*.

Un an? et vous voulez que je m'en souvienne... je me rappelle à peine le fond, et j'ai tout à fait oublié la forme.

O'GRADY.

Vous m'avez dit : Ne prononcez jamais le mot amour devant moi, avant de m'avoir apporté le pardon du proscrit Daniel Maccoum.

FANNY, *comme à elle-même*.

Oui, je me souviens... la sentence de mort était prononcée... il n'avait pu encore gagner la France... depuis qu'il s'était échappé de sa prison, les soldats avaient ordre de tirer sur lui, partout où ils le rencontraient. (*Elle se lève.*)

O'GRADY.

J'accorde que la position était critique et le héros intéressant... La légende de Maccoum pourra bien défrayer longtemps les veillées dans nos chaumières... et plus d'un jeune cœur a dû battre en secret pour ce fugitif romanesque qui avait au front la double auréole de la jeunesse et du malheur. Moi-même, Fanny, tout en lançant mes soldats à sa poursuite, je faisais tout bas des vœux pour lui.

FANNY.

Ah! je vous crois, et je n'en suis pas surprise. (*Elle s'assoit de l'autre côté de la table.*)

O'GRADY, *se rapprochant d'elle*.

Et c'était généreux. Car, faut-il vous l'avouer, j'étais un peu jaloux de l'intérêt que ce héros de la sédition inspirait à votre petit cœur rebelle... Ce qui me rassurait à demi, c'est que vous ne connaissiez pas Daniel Maccoum, que je n'ai vu, moi-même, qu'une fois, quand nous l'avons condamné à mort, et qui est, je puis l'assurer, un parfait gentilhomme, et un charmant garçon...

FANNY, *à part*.

Je ne le connaissais pas... Pauvre colonel!

O'GRADY.

Il a pu s'échapper, et c'est heureux, car sa grâce a été difficile à obtenir... jugez-en par le temps qu'on a mis à me l'accorder.

FANNY, *se levant*.

Vous avez la grâce de Maccoum?

O'GRADY.

Depuis ce matin... je n'ai pas le plaisir de lui sauver la vie, puisqu'il est en sûreté sur une terre étrangère; mais du moins je lui rends sa fortune, et, ce qui vaut mieux que la fortune, sa patrie.

FANNY, *à part*.

Juste ciel! et c'est aujourd'hui.

O'GRADY.

Voici les papiers de la chancellerie... Nous allons nous occuper de les faire parvenir à votre protégé... mais maintenant, Fanny, j'ai conquis le droit de vous dire... je vous aime.

FANNY, *avec effusion, lui serrant la main*.

Cher, cher ami !

O'GRADY.

Fanny, si vous me parlez avec cette douce voix, et si vous me regardez avec ces yeux, je vais faire appeler la garde.

FANNY, *à part*.

Mon Dieu, comment le détromper?

O'GRADY, *lui tendant le papier*.

Si vous êtes curieuse de voir le style d'une lettre de pardon, ornée de la signature vice-royale.

FANNY.

C'est inutile, colonel. Cette lettre vient trop tard.

O'GRADY.

Plaît-il... allons... bon, le mot du major, fréquentez donc la mauvaise compagnie.

FANNY, *à elle-même*.

Accepter de lui la grâce de Maccoum, quand ce soir je dois... oh! jamais.

O'GRADY.

Voyons, expliquez-moi ce nouveau caprice.

FANNY, *affectant un ton léger*.

Explique-t-on un caprice?... maintenant que mon désir est accompli, je ne tiens plus à la chose... vous dire pourquoi? que sais-je... mais c'est ainsi.

O'GRADY.

Ma parole d'honneur, Fanny... je commence à croire que vous n'êtes pas une femme, mais un problème de mathématique; il n'y a pas moyen de vous comprendre.

FANNY.

Vous croyez?... (*Avec émotion*.) Eh bien, attendez à demain et vous comprendrez... vous connaîtrez alors la femme ingrate et perfide à qui vous avez donné votre noble et généreux cœur.

O'GRADY, *étonné*.

Plaît-il... (*Se reprenant*.) Oh! encore... décidément il faut que le major ou moi, nous changions de régiment... Fanny, vous êtes ce matin dans une veine de bizarrerie des plus indéchiffrables; mais ce qui vous rend parfaite à mes yeux, ce sont vos imperfections mêmes, et je ne pourrais pas dire ce que j'adore le plus de vos qualités ou de vos défauts. (*Cris et rumeurs en dehors.*)

FANNY, *faisant un pas vers la fenêtre*.

Quel est ce bruit?

PATSEY, *entrant*.

Mon colonel, c'est la noce de Jean le facteur et Nora Streny, revenant de la chapelle.

O'GRADY.

Bien. Je sais ce qu'ils veulent... fais-les entrer. (*Patsey sort.*)

FANNY.

Nora Streny, je connais ce nom.

O'GRADY.

Vous devez le connaître... il figure dans la légende de Maccoum. Nora est la jeune fille qui le fit évader de sa prison, la veille du jour fixé pour son exécution.

FANNY.

Une jeune fille... en effet, je me souviens... N'y avait-il pas un baiser dans cette histoire?

O'GRADY.

Elle va nous le conter elle-même...

SCÈNE III.

O'GRADY, FANNY, JEAN, NORA, LA NOCE. (*Ils entrent introduits par Patsey.*)

TOUS.

Vive O'Grady!

[...] **NORA.**

Que le sourire de la fortune vous accompagne toujours, noble O'Grady. Puisse votre foyer être aussi chaud que votre cœur; et, quand vous mourrez, que les lamentations du pauvre soient la seule plainte qui s'élève jamais derrière vous.

JEAN, *se retournant vers ses amis.*

Hein! comme elle tourne un compliment.

O'GRADY.

Morel, ma belle enfant... vous vous aimez, vous êtes heureux... faites durer cela bien longtemps.

JEAN.

Il n'y a pas de raison pour que cela finisse, Votre Honneur.

FANNY, *à Nora.*

N'est-ce pas vous qu'on appelle dans le pays Nora au baiser?...

JEAN.

Oui, demoiselle, c'est elle-même, et je suis glorieux de ce baiser-là, quoique ce ne soit pas moi qui en ai profité.

FANNY.

Vraiment, et qui donc?

JEAN.

Quelqu'un qui est loin en ce moment, et qui a encore sa tête sur ses épaules, grâce au baiser de Nora.

FANNY.

Daniel Maccoum, n'est-ce pas?

JEAN.

Le jeune maître en personne... c'est-à-dire le maître à Nora; car moi, je suis du clan d'O'Grady.

FANNY, *à Nora.*

Ah! vous êtes du clan de Maccoum?

NORA.

Oui, demoiselle...

JEAN.

Et quasiment sa sœur de lait, car la mère de Nora a tenu le jeune maître sur ses genoux... C'est même cette circonstance bien connue de tous qui a facilité notre entreprise, car j'étais du complot. (*A O'Grady.*) Vous ne le direz pas au colonel, Votre Honneur?...

FANNY.

Et alors vous avez formé le projet de faire évader le prisonnier?

JEAN.

Oui, demoiselle... et la chose pressait, car il devait mourir le lendemain. L'affaire était arrangée; mais il fallait qu'il fût prévenu, et nous ne trouvions aucun moyen de lui faire parvenir cet avis... On ne pouvait lui parler qu'à travers une grille, et en présence du gardien... C'est alors que Nora, qui n'était encore qu'un petit brin de fille, mais déjà joliment rusée, trouva le moyen de lui glisser le billet, sous le nez même des gardes.

FANNY.

Comment cela?

JEAN.

Elle avait roulé le papier bien petit dans sa bouche; et lorsqu'elle s'approcha du jeune maître pour lui dire un dernier adieu, elle lui glissa la lettre dans un baiser.

FANNY.

Ah!

JEAN.

Voilà pourquoi on l'appelle, dans tout le pays, Nora au baiser. C'est devenu quasi son nom de famille.

O'GRADY.

Il n'y a qu'une femme pour inventer une pareille boîte aux lettres.

NORA.

Ce que j'ai fait est bien peu, pour tout ce que je lui dois, pour tout ce que Jean va lui devoir... Nous tenons de lui chaque pied de terre qui nous donne notre pain, et le toit qui nous couvre. Nous n'avons pas un denier qui ne vienne de lui.

JEAN.

C'est vrai... jusqu'à la vache rousse qui est si rétive.

FANNY, *qui observe Nora. A part.*

Comme elle est émue! Les larmes lui viennent aux yeux, en parlant de lui!

O'GRADY.

Tenez, Jean, voici la permission pour danser toute la nuit... (*Il lui remet un papier qu'il vient d'écrire.*) Patsey, mettez deux ou trois barils de wisky sur le char... Si je ne puis être des vôtres en personne (*riant*), j'y serai du moins en esprit.

JEAN.

Nous le boirons à la santé de Votre Honneur, jusqu'à la dernière goutte.

TOUS.

Vive O'Grady!... (*Ils se retirent.*)

SCÈNE IV

O'GRADY, FANNY, *puis* LE MAJOR.

FANNY, *à elle-même.*

Tout ceci est bien étrange.

O'GRADY, *la voyant sérieuse.*

A quoi pensez-vous, chère Fanny?

FANNY.

N'avez-vous pas remarqué l'enthousiasme de cette... jeune femme en parlant de Maccoum?

O'GRADY.

Oui... il paraît que ce jeune paladin a le don de fasciner toutes les femmes. Il est heureux, celui-là... mais tout le monde n'a pas la bonne fortune de courir les grands chemins et de se faire condamner à mort.

PATSEY, *annonçant.*

Le major, colonel.

O'GRADY.

Ah! qu'il entre... Enchanté de le voir.

FANNY.

Qu'ai-je donc!... Serais-je jalouse?

LE MAJOR, *saluant.*

Je vous présente mes hommages, mademoiselle.

O'GRADY.

Pas de mauvaises nouvelles, major?

LE MAJOR.

Au contraire... L'émissaire français, débarqué il y a six semaines...

FANNY.

Débarqué... il y a six semaines...

LE MAJOR.

Et dont il vous plaisait de nier l'existence, colonel...

O'GRADY.

Je suis tout disposé à la nier encore, car c'est la sixième alerte du même genre que vous nous donnez depuis quelques mois, cher major.

LE MAJOR.

Eh bien! colonel, vous vous trompiez pour cette fois... un homme, français ou irlandais, mais arrivé de France, est bien réellement caché dans le pays.

FANNY, *à part.*

C'est Maccoum!

LE MAJOR.

Et la preuve, c'est que nous avons découvert son nid. (*Mouvement de Fanny.*) Je vous demande pardon, mademoiselle, de traiter ces questions devant vous.

FANNY.

Au contraire, continuez, major... votre succès m'intéresse au dernier point. Et... vous n'avez donc pas... arrêté... le... rebelle...

LE MAJOR.

Si nous l'avions arrêté, mademoiselle, je vous prie de croire que le premier arbre aurait fait son affaire...

FANNY.

Oh! c'est horrible!

LE MAJOR.

Plaît-il?

O'GRADY.

Et comment avez-vous su?...

LE MAJOR.

Vous connaissez le receveur, employé par le gouvernement... un certain Michel Morgan?

O'GRADY.

Parfaitement... c'est le plus effronté coquin du pays... et voici ce que je peux dire de mieux sur son compte.

LE MAJOR, *allant à la porte.*

Voulez-vous passer par ici, monsieur Morgan?

SCÈNE V

LES MÊMES, MORGAN. (*Morgan entre en se courbant jusqu'à terre.*)

O'GRADY.

Nous sommes d'anciennes connaissances, monsieur Morgan... La dernière fois que j'ai eu le plaisir de vous rencontrer, vous avez dû garder quelque souvenir de notre entrevue.

MORGAN.

Co... colonel...

O'GRADY.

Vous aviez eu l'audace de présenter du papier timbré à un de mes hôtes, et je vous ai accompagné depuis le perron du château jusqu'à la loge du portier, en garnissant votre culotte de force coups de pied.

MORGAN.

Vous avez toujours été bon pour moi, colonel...: mais je crains d'avoir laissé une impression peu favorable...

O'GRADY.

Je suis sûr, moi, d'en avoir laissé plusieurs, parfaitement marquées sur votre peau. (*Morgan se frotte machinalement. — Au Major.*) Que veut cet homme?

LE MAJOR.

Il déclare avoir été volé cette nuit dans la montagne, au carrefour des Trois-Chemins, par une cinquantaine de bandits armés. Le signalement de leur chef correspond à celui de l'homme que nous cherchons; de plus le hasard l'a mis sur la trace d'une partie du butin, et il a découvert en même temps la cachette du rebelle.

O'GRADY.

Je présume que vous désirez que j'écoute la déposition de cet homme. Si vous voulez me suivre, je prierai miss Dalton de nous excuser... Par ici !...(*Ils entrent à gauche, après avoir salué Fanny.*)

SCÈNE VI

FANNY, *seule.*

C'est Daniel qu'ils cherchent... Je n'en puis douter...: Il était cette nuit dans le lieu qu'ils désignent... Cet homme, qui est venu l'avertir de l'approche des soldats, n'était pas seul avec lui; plusieurs l'entouraient et ont disparu quand je suis arrivée... Que faire!... comment le prévenir?... Ce misérable l'a suivi jusqu'à la caverne où il se cache dans la montagne... Mais cette retraite, je ne la connais pas... et d'ailleurs aurais-je le temps?... Si je pouvais seulement entendre ce qu'ils disent... (*Elle va écouter à la porte.*) Oui... il parle... — Ce signalement, ce costume, c'est bien Maccoum... il a reconnu les billets qui lui ont été volés... où?... —Que dit-il?—entre les mains de Nora, de cette jeune fille qui sert d'ici?... — Quoi !... — le chef des rebelles est son amant!... il est caché chez elle!... — Oh! qu'ai-je entendu?... Daniel... Daniel caché chez Nora, quand il me disait hier... Non, cela ne peut être, et pourtant... Ah! je ne m'étonne plus maintenant de son émotion quand elle parlait de lui... (*Les trois hommes reviennent.*)

SCÈNE VII

FANNY, O'GRADY, LE MAJOR, MORGAN.

LE MAJOR.

Avec votre permission, colonel, je ferai, cette nuit même, une perquisition chez la jeune fille.

O'GRADY.

Vous m'avez arraché cet ordre, major. Je ne nie pas que

---

tout ceci soit très-grave... Mais cette nuit, la nuit de ses noces... pauvre petite !... Attendez à demain !

LE MAJOR.

Je ne crois pas, colonel, que l'on puisse se dispenser de rechercher un ennemi de l'État, dans la crainte de déranger des paysans qui s'épousent.

MORGAN.

Ça ne me paraît pas suffisant.

O'GRADY.

Monsieur Morgan, votre mission est finie : vous n'avez plus rien à faire ici, tournez-moi le dos.

MORGAN.

Le dos, colonel; je sais trop ce que je vous dois.

O'GRADY.

Allez attendre à la grille, et ne vous laissez pas flairer de trop près par les chiens... vous comprenez?

MORGAN.

Parfaitement, colonel...Vous êtes bien bon... (*A part.*) Ah ! Nora, elle sera belle, ta noce... Je t'avais bien dit que mon tour viendrait. (*Il sort.*)

LE MAJOR.

Ce soir, colonel, je ferai cerner la cabane de cette fille, et j'y saisirai le rebelle, mort ou vif, dussé-je mettre le feu à son repaire... Mademoiselle, je vous présente mes hommages. (*Il sort.*)

SCÈNE VIII

O'GRADY, FANNY.

O'GRADY.

Brûler, massacrer...: je m'en rapporte à lui pour cela. O terrible devoir ! quand finiront ces tristes jours?

FANNY, *à part.*

Daniel.., caché chez Nora... Elle est sa maîtresse..: Et cet argent qu'il lui a donné, sa dot, c'est le prix de son infamie! Oh! je me me vengerai. (*Au Colonel.*) Colonel, vous irez ce soir à la noce de Nora!

O'GRADY.

Moi! Pourquoi?

FANNY.

Parce que j'ai besoin de votre escorte... car j'y vais aussi.

O'GRADY.

Vous, Fanny...: vous voulez assister à cette triste expédition? Vous, au milieu de ces soldats, dans cette scène de terreur et d'épouvante !

FANNY.

Assez...: si vous refusez de m'accompagner, j'irai seule.

O'GRADY.

Fanny?

FANNY.

Ne discutons pas..: Je ne suis en état ni de vous écouter, ni de vous répondre......je souffre..... et je vous en prie..... laissez-moi...

O'GRADY.

C'est bien ! O les femmes, femmes, énigme indéchiffrable ! Ah ! père Adam, pourquoi, n'avez-vous pas vécu jusqu'au bout avec toutes vos côtes ?

FANNY.

Cette lettre de grâce, voilà ma vengeance ! Ah ! malheureuse que je suis, je l'aime! je l'aime! (*Elle tombe assise à droite — Rideau.*)

QUATRIÈME TABLEAU

Une grange attenant à la chaumière de Nora. — Fond ouvert, laissant voir le paysage. Porte à droite, communiquant à la cabane de Nora; à gauche, une soupente garnie de bottes de foin, de paille, de sacs de graius, etc...; on monte à cette soupente par un escalier de bois. Audessus de la soupente, une lucarne pratiquée dans le toit. A gauche, au premier plan, un brasier allumé sur une sorte de grand réchaud de pierre et qui éclaire toute la grange d'une lueur rougeâtre. A droite également, des tonneaux sont disposés pour les musiciens.

SCÈNE PREMIÈRE

MACCOUM, *seul au pied de l'escalier.*

J'ai vu autour d'ici des figures suspectes... On semble guetter cette grange... auraient-ils découvert ma retraite?...

Cette nuit, dans le tumulte de la fête, je me glisserai parmi les paysans, pour sortir d'ici, et une fois dans la montagne, malheur à qui me barrera la route! (*Musique et cris au dehors.*) Voici la noce, regagnons notre cachette. (*Il remonte l'échelle. Arrive au fond le cortége précédé de mendiants et d'enfants ; puis les joueurs de cornemuse et de violon, les filles et les garçons d'honneur; puis Jean et Nora sur le char suivis de la foule.*)

SCÈNE II

MACCOUM, *caché*; JEAN, NORA, LA NOCE, LES MUSICIENS, PAYSANS, MENDIANTS, KATTY. (*Le cortége dans la grange, dans l'ordre indiqué plus haut; Jean et Nora descendant du char et s'avançant au milieu des paysans qui les acclament.*)

TOUS.

Vive Jean la Poste!... Vive Nora Streny!... longue vie aux deux époux!

JEAN.

Soyez tous les bienvenus, surtout les filles!... Vous trouverez là, à côté, sous le treillage, tout ce qu'il faut pour vous régaler... Je regarderai comme un ennemi celui qui ne s'en donnera pas à cœur joie sur la mangeaille et la boisson !

TOUS.

Hurrah!

JEAN.

Le wisky ne manquera pas, grâce aux barils du colonel... Je recommande aux jeunes de ménager leurs jambes... mais ceux qui ne dansent plus peuvent tomber sous la table, pour ne pas gêner leurs voisins... Allez, mes garçons! (*Sortie à droite de Nora et de toute la noce. Jean à un paysan qui lutine une jeune fille.*) Pat! attends au moins pour agacer les jeunes filles, qu'on ait dit le *Benedicite*. (*A d'autres.*) Entrez tous, Paddy, Regan, vous êtes aussi bienvenus que les fleurs de mai. (*A un paysan qui emmène deux jeunes filles.*) Et toi? Feni, c'est donc deux filles à la fois qu'il te faut. J'aurai l'œil sur toi, mon camarade. (*Aux mendiants.*) Attendez là, vous autres, on va vous apporter la part du bon Dieu, qui vous appartient dans tous les banquets. (*Avisant une vieille femme qui est restée seule.*) Eh bien! la mère, ils vous laissent là, ces mal-appris... Ça ne pense qu'aux jeunesses... et ça ne songe pas que chacun devient vieux à son tour... Prenez mon bras, vous aurez la meilleure place. (*Il sort avec la vieille à la suite des autres.*)

SCÈNE III

MACCOUM, *caché*; KATTY, LES MENDIANTS; *puis* NORA *et* LES JEUNES FILLES.

UN MENDIANT.

Ce brave Jean la Poste, comme il est heureux d'épouser sa Nora? Ça fait plaisir à voir, le bonheur des braves gens!

KATTY.

Pense-t-on qu'il y aura de la dinde rôtie?

UN AUTRE MENDIANT, *arrivant.*

Ah! j'arrive encore à temps, la distribution n'est pas commencée.

PREMIER MENDIANT.

Soyez tranquille, père Bara... il y en aura pour tout le monde. Approchez-vous du feu, le serein tombe dru ce soir.

LE VIEUX MENDIANT.

Oui, la nuit sera piquante et humide.

PREMIER MENDIANT.

Avec ce brasier, les danseuses ne s'enrhumeront pas...

KATTY, *suivant son idée.*

Aux funérailles de Mac-Shane... On ne nous a donné que du bœuf... C'était pourtant un gentilhomme. (*Nora et les filles d'honneur paraissent apportant des corbeilles pleines de provisions. Nora tient un petit panier qu'elle pose sous les marches de l'échelle. Dès l'arrivée de la noce, on a vu de temps en temps paraître Maccoum sur la soupente, où il se tient caché au milieu des bottes de paille et des sacs de grains.*)

PREMIER MENDIANT.

Ah! voilà notre part !

KATTY.

Encore du bœuf ! (*Les mendiants se précipitent au-devant des jeunes filles en se bousculant et se disputant.*)

NORA.

Doucement, doucement... Celui qui bousculera les autres sera le dernier servi...

UN MENDIANT, *à un autre.*

Tu n'es pas de ce pays, toi...

NORA.

Raison de plus pour qu'il passe le premier... il a plus de chemin à faire pour s'en aller. (*Elle le sert. A Katty.*) Tenez, ma brave femme! (*Les jeunes filles distribuent les vivres aux mendiants qui se retirent un à un.*)

KATTY, *recevant sa part.*

J'aurais mieux aimé de la dinde.

NORA.

Il fallait me prévenir... J'en aurais mis une à la broche exprès pour vous... (*La distribution est faite; les mendiants partis, les jeunes filles emportent les corbeilles. Nora, s'assurant qu'elle est seule, va prendre le petit panier qu'elle a caché en entrant, puis elle appelle Maccoum.*) Pst!...

SCÈNE IV

NORA, MACCOUM.

MACCOUM, *paraissant au haut de l'échelle.*

Tu es seule?

NORA, *lui tendant le panier.*

Voilà ce que j'ai mis de côté pour vous.

MACCOUM.

La part de l'absent... Je suis, en effet, aussi loin de ce banquet où j'aurais tant voulu m'asseoir, que si je me trouvais à cinq cents lieues de notre terre d'Irlande.

NORA.

Les mauvais jours passeront... Courage! Mais comment partirez-vous cette nuit?...

MACCOUM.

Ne t'inquiète pas! je me glisserai jusqu'à la petite porte, sans que personne ne me reconnaisse... Au besoin, je puis grimper sur le toit par la lucarne, et de là, à l'aide des branches d'arbres qui penchent dessus, atteindre les rochers.

NORA.

Au milieu de la nuit, sans savoir où vous poser le pied?

MACCOUM.

Bah!... J'ai échappé à trop de périls, pour me casser bêtement le cou sur une pierre... d'ailleurs je ne prendrai cette route aérienne qu'à la dernière extrémité. (*Cris et rires au dehors.*) Mais je ne veux pas te retenir plus longtemps loin de tes amis... ils pourraient s'impatienter de ton absence... Il faut pourtant que je t'embrasse, Nora... qui sait si nous nous reverrons jamais? (*Il fait un pas pour descendre jusqu'à elle, la petite porte de la grange s'ouvre.*)

NORA, *vivement.*

On vient!... remontez vite.

MACCOUM, *lui tendant la main.*

Adieu, chère sœur, adieu! (*Il regagne la soupente; Jean arrive par la porte.*)

SCÈNE V

JEAN, NORA.

JEAN.

Ah! qu'est-ce que tu fais là toute seule, madame Jean?

NORA.

Eh bien! monsieur, que signifient ces questions? Est-ce que je vais avoir à vous rendre compte de ma conduite, à présent?

JEAN.

Plus souvent... toi me rendre des comptes. Je voudrais bien voir ça... Je te le défends.

NORA.

Alors tu me permets d'avoir des secrets pour toi?

JEAN.

Si tu juges à propos d'en avoir, c'est que tu auras tes raisons pour ça... pas vrai ?...

NORA.

Sans doute !

JEAN.

Eh bien en ce cas...

NORA.

J'en ai un bien gros en ce moment, va.

JEAN.

Celui que tu dois me dire demain ?

NORA.

Oui.

JEAN.

Si c'est trop tôt! tu sais,.. ne te presse pas.

NORA.

Tu as donc bien confiance en moi ?

JEAN.

Que t'es bête! C'est comme si tu me disais: Jean! crois-tu que la violette sente bon, et que la fleur du prunier soit blanche?

NORA.

Si je te trompais pourtant ?

JEAN.

Je t'en défie bien ?

NORA.

Vaniteux ?

JEAN.

Mais non, ça serait une autre, que je t'en défierais tout de même.... tu voudrais faire mal, tu ne pourrais pas.

NORA.

Vilain flatteur, va !

JEAN.

Je ne te flatte pas. Est-ce qu'on flatte l'eau de la source en lui disant qu'elle est fraîche et pure ? Elle est comme le bon Dieu l'a faite, et ne peut pas être autrement... je rappelles-tu ? quand tu étais haute comme ça, et que tu m'appelais Ian, en trottant au-devant de moi, sur tes petits pieds, quand je revenais de l'école... C'était déjà toi... rien qu'à voir de loin tes yeux qui me fixaient, j'oubliais les dures paroles du maître, les férules sur les doigts et les oreilles tirées; mes larmes fondaient sous ton regard, comme la rosée au soleil du matin; tu n'étais pas pour moi quelque chose d'ordinaire, et je n'osais pas te prendre dans mes bras, de peur que tu ne m'échappes en quittant la terre, et que tu ne t'envoles pour jamais dans les airs.... ça, c'est une peur qui m'est toujours restée.

NORA.

Comment, tu as peur que je ne m'envole?

JEAN.

Oui, encore à présent, quand je te regarde si gentille et si mignonne, il me semble toujours qu'il va te pousser des ailes, et que je vais te voir disparaître dans le ciel, d'où tu es descendue pour sûr un beau matin ; et je me demande comment tu as pu faire pour aimer un garçon pauvre et ignorant comme moi.

NORA.

Comment, monsieur ! vous appelez mon mari pauvre et ignorant ! que je vous y reprenne !

JEAN.

Oui, je suis pauvre; mais je ne m'en suis aperçu que lorsque je t'ai vue franchir mon seuil. Oui, je suis ignorant, mais je ne l'ai su que quand j'ai voulu te dire l'amour qui était là, dans mon cœur... Vois-tu, j'ai peur quelquefois de t'effaroucher par ma brusquerie ; il faudra m'apprendre comment tu veux que je te parle et que je te regarde... Il y a des jeunes filles que l'on craint de toucher, de peur de souiller leurs belles robes; mais toi, maintenant surtout que tu es à moi, je n'ose plus t'approcher, de peur d'effleurer ton âme si belle et si fraîche !

NORA, lui passant les bras autour du cou et l'embrassant.

Tiens, voilà pour te punir, enjôleur! comme si ton âme ne valait pas cent fois la mienne !

JEAN, la pressant sur son cœur.

O mon trésor, s'il existait un diamant aussi gros que toi-

même, ce serait une pauvre chose à côté de toi. (Les gens de la noce sont entrés depuis quelque temps et se font des signes en montrant Jean et Nora.)

TOUS.

Ah! ah! ah!... ils sont pris. (Nora repousse vivement Jean et s'écarte confuse.)

SCÈNE VI

LES MÊMES, TOUTE LA NOCE.

JEAN.

Eh bien, quoi ! voilà un bon exemple dont vous devriez tous profiter. Quand la mariée reçoit son premier baiser... chaque fille doit un baiser au garçon qui peut le prendre.

TOUS LES GARÇONS.

C'est vrai! c'est vrai!... (Ils se précipitent vers les jeunes filles pour les embrasser. Les jeunes filles s'échappent de tous côtés, s'emparent des balais, décrochent les jambons, s'arment de toutes choses possibles pour se défendre. Elles montent sur les tonnes ou grimpent sur l'échelle. Les garçons les assiègent et reçoivent des coups. Mêlée, cris, éclats de rire, tapage partout; Jean excite les combattants. Enfin les musiciens font leur entrée en jouant une marche rustique. Le tapage s'apaise.)

JEAN.

Maintenant, mes amis, versez à la ronde ; que le wisky déborde, que la terre boive aussi à la santé de la mariée ; et en avant la chanson et la danse des noces irlandaises !

TOUS.

Oui, oui, la chanson !

CHANSON.

Air nouveau de M. FOSSEY.

CHŒUR.

Chantons! dansons! aimons-nous !
Buvons à des jours prospères !
Chantons! dansons! aimons-nous
A rendre nos lords jaloux!

NORA.

I

Dans les branches qui verdissent
La séve a repris son cours;
Les montagnes se garnissent
De leurs tapis de velours.
Tout aime et chante à la fois;
Les buveurs dans les tonnelles,
Les amants dans les chapelles,
Et les oiseaux dans les bois.

Amour et wisky,
L'Irlande est ici :
Oubli des douleurs,
Mépris des misères.
Versons dans nos cœurs!
Versons dans nos verres! {(Bis.)

CHŒUR.

Chantons! dansons! aimons-nous !
Buvons à des jours prospères !
Chantons! dansons! aimons-nous
A rendre nos lords jaloux!

NORA.

II

Si l'amour sur tes ruines
Nous fait des jours frais et doux;
Patrie aux vertes collines,
C'est pour toi comme pour nous!
Il faut te donner des fils,
Vieille Irlande, notre mère;
Il faut des bras à la terre,
Il faut des cœurs au pays!

Amour et wisky,
L'Irlande est ici :
Oubli des douleurs,
Mépris des misères.
Versons dans nos cœurs!
Versons dans nos verres! {(Bis.)

CHŒUR.

Chantons! dansons! aimons-nous!
Buvons à des jours prospères!
Chantons! dansons! aimons-nous
A rendre nos lords jaloux!

DANSE.

[On entend au dehors un roulement de tambour. Stupeur générale. Les danseurs et les musiciens s'arrêtent. On voit paraître au fond le sergent Blinder et des soldats.)

LE SERGENT.

Par file à droite et par file à gauche, marche! *(Les soldats s'avancent à droite et à gauche et cernent toute la grange. D'autres soldats garnissent le fond. Les paysans sont entourés d'un cordon de troupe.)*

LE SERGENT.

Reposez armes! *(Les soldats exécutent le commandement.)*

NORA.

Ah! mon Dieu! *(Maccoum qui a été visible pour le spectateur pendant la chanson et la danse, et qui a pris part par ses gestes à la gaîté générale, se dépouille de sa houppelande, ouvre la lucarne du toit et disparaît.)*

JEAN, à Blinder.

Sergent, serait-ce une indiscrétion de vous demander ce qui nous procure l'honneur de votre visite?

LE SERGENT.

Je l'ignore... Mes supérieurs vont vous répondre. *(Entrent par le fond O'Grady, Fanny, le Major et Morgan, qui se faufile sournoisement derrière eux.)*

SCÈNE VII

LES MÊMES, moins MACCOUM, O'GRADY, FANNY, LE MAJOR, MORGAN.

LE MAJOR.

Sergent, veillez à ce que personne ne sorte d'ici!

LE SERGENT, montrant les soldats.

Ça me semble difficile, major.

O'GRADY.

Nous regrettons de troubler la fête, mes enfants... mais un vol a été commis la nuit dernière dans la montagne, et nous avons des renseignements sur une partie du butin qui doit, dit-on, se trouver ici...

JEAN, riant.

C'est un voleur que vous cherchez. Eh bien! si vous le trouvez sous ce toit, vous aurez de la chance, colonel.

LE MAJOR.

Monsieur Morgan, dites qui vous accusez d'être en possession de cet argent.

MORGAN, montrant Nora.

Cette jeune femme, Nora Streny.

TOUS.

Nora!

JEAN.

Elle! Nora! Perdez-vous la tête, Michel Morgan? C'est un grand bonheur pour le pays si vous êtes devenu fou!

MORGAN, s'approchant de Nora.

Oh! je sais ce que je dis... l'argent était ce matin, là, dans sa poche; qu'on la fouille!

JEAN, le faisant pirouetter.

Mets un doigt sur elle, et je t'assomme.

LE MAJOR.

Arrêtez cet homme!...

O'GRADY.

Doucement, major! que feriez-vous si un pareil drôle levait la main sur la femme que vous aimez?

LE MAJOR.

Plaît-il? Moi aimer... allons donc!

O'GRADY.

Jean, mon garçon, cette affaire sera arrangée dans un instant. Nous ne croyons pas un mot de l'accusation de cet individu; mais si Nora a de l'argent, des billets de banque...

JEAN.

Elle en a, Votre Honneur.

O'GRADY.

Eh bien! qu'elle les montre!

JEAN.

Avec tout le plaisir possible. Nora, donne-moi les billets que tu m'as montrés tout à l'heure. *(Elle hésite.)* Ne crains rien!... là!... donne-les-moi... *(Nora donne en tremblant les billets à Jean.)*

O'GRADY, prenant les billets des mains de Jean.

Des billets de la banque de Dublin!

MORGAN.

Et qui font partie de la somme qui me fut volée cette nuit. Il y en a un taché d'encre... et un autre endossé par moi. Me croyez-vous, maintenant?

O'GRADY, à Nora.

De qui tenez-vous ces billets? *(Elle se tait.)*

JEAN, à part.

Pourquoi donc ne parle-t-elle pas?

O'GRADY.

Je suis sûr que vous ne refuserez pas de nous dire comment ces billets se trouvent entre vos mains. *(Moment de silence.)* Après ce que vous venez d'entendre, vous ne voudrez pas vous compromettre en taisant le nom du voleur. *(Elle continue de se taire.)*

JEAN.

Mais parle donc; ne comprends-tu pas?... c'est toi qu'on arrêtera, si tu ne dis pas ce nom.

LE MAJOR, s'avançant.

Vous vous taisez... Peut-être répondrez-vous à une autre question : Où est l'homme qui est caché dans votre cabane depuis six semaines?

TOUS.

Un homme!

JEAN.

Dans sa cabane! *(Nora se cache la figure dans ses mains; chuchotements dans la foule.)*

LE MAJOR.

M'entendez-vous? je demande le nom du jeune homme, votre amant... celui qui a commis le vol hier au soir, et qui a partagé avec vous le produit de son crime.

JEAN.

Nora!

NORA.

Jean, laissez-moi vous parler.

LE MAJOR.

Non, vous êtes ma prisonnière. *(Aux soldats.)* Emparez-vous de cette femme et ne la laissez communiquer avec qui que ce soit. *(Deux soldats l'arrêtent et l'éloignent de Jean.)* Fouillez cette grange.

MORGAN.

J'en connais tous les coins et recoins. Suivez-moi... *(Des soldats sortent. — Quelques-uns, conduits par Morgan, montent l'échelle, arrivent sur la soupente et fouillent avec leurs baïonnettes dans les boîtes de foin. Nora suit leurs mouvements avec anxiété. Jean la regarde.)*

FANNY, s'approchant de Nora.

Nora Streny, au nom de ce cœur honnête qui saigne là-bas *(elle désigne Jean)*, au nom de ces honnêtes filles qui sont atterrées par cette accusation portée contre vous, au nom de votre honnêteté à vous-même, parlez; dites qu'il n'y a personne caché ici. Levez la tête, ma fille, et déclarez que cet homme a menti! *(Nora se tait.)*

TOUS.

Elle se tait... Elle se tait... Oh!

FANNY.

Voulez-vous donc que nous vous croyions tous coupable? Voulez-vous que Jean accepte votre silence comme un aveu de votre déshonneur?

NORA.

Fanny Dalton, si toute l'Irlande me croyait coupable, si je l'avais avoué de ma propre bouche, il ne le croirait pas, lui! car il connaît trop bien mon cœur pour douter de moi, Jean, regarde-moi... tout le monde me repousse, mais toi, ah! je sens bien que je ne suis pas coupable! non, la honte n'oserait pas s'approcher de mon front... Je ne peux pas parler, parce que je ne veux pas mentir! *(Morgan revient avec les soldats; il tient la houppelande de Maccoum.)*

LE MAJOR.

Eh bien! monsieur Morgan?

MORGAN.

Il a échappé... mais voici son habit que j'ai trouvé... et dans la poche mon laisser-passer qu'il m'avait pris...

FANNY, à part.

Ah! cet habit... je le reconnais... celui de Maccoum.

LE MAJOR.

Cette preuve vous semble-t-elle assez précise, colonel?

O'GRADY.

Vous le voyez, Nora... tout vous accuse... vous avez, selon toute vraisemblance, donné asile à un homme poursuivi par l'État... Une mort cruelle, infamante est la peine de ce crime... mais peut-être la franchise de vos aveux adoucirait la rigueur de la loi. Réfléchissez, ma pauvre fille; ne donnez pas votre vie pour sauver celle d'un malfaiteur... parlez, parlez vite!...

NORA.

Ah! emmenez-moi... (*Tombant à genoux.*) Vous voyez bien que je tends les mains pour qu'on m'enchaîne. (*Elle lève ses deux mains au-dessus de sa tête. Le sergent s'approche d'elle et tire de sa poche des menottes qu'il prépare.*)

JEAN, s'élançant.

Arrêtez!... Si elle ne veut pas parler, je parlerai, moi! Cet habit est à moi... c'est moi qui ai volé Morgan; c'est moi qui ai donné les billets à Nora.

NORA.

Jean! Jean! que dis-tu? (*Elle s'élance dans ses bras.*)

JEAN.

Lève la tête, ma chérie... Qui ose maintenant prononcer une parole contre elle? Un homme chez Nora, en cachette de son fiancé, et vous avez pu croire cela! Mais regardez-la donc? Est-ce là une bouche qui ment et des yeux qui trompent? Comment! vous n'avez pas compris que c'est pour me sauver qu'elle se laissait accuser... Mettez tout sur mon compte, colonel... Vous comprenez bien que je ne lui ai pas dit que les billets provenaient d'un vol; elle n'en aurait pas voulu, la brave fille! — Ne pleure pas, mon trésor; ils ne toucheront pas un cheveu de ta tête.

FANNY, à part.

Il se dévoue pour la sauver.

LE MAJOR.

Emmenez cet homme! (*Les soldats s'approchent.*)

NORA, s'attachant à Jean, les deux bras autour de son cou.

Oh! Jean! qu'as-tu fait! (*Le sergent attache les mains de Jean, dont deux soldats prennent chacun un bras, qu'ils ramènent en arrière. Aux menottes sont deux chaînes, dont on boucle chaque extrémité à la ceinture d'un soldat.*)

NORA, toujours penchée sur Jean, qu'elle tient entre ses bras.

Non, non, vous ne l'emmènerez pas... Je... je vais dire... Ah!... (*Elle s'évanouit.*)

JEAN.

Prenez-la, colonel... Pauvre fille, elle s'est évanouie... Je vous la recommande à tous... aimez-la... soutenez-la... (*Le colonel prend Nora dans ses bras.*) Et maintenant, sergent, emmenez-moi avant qu'elle reprenne ses sens. Adieu, Nora! Adieu! (*Jean a lentement remonté la scène avec les deux soldats auxquels il est attaché. Le sergent suit. Les autres soldats se mettent en devoir de sortir. Le colonel remet Nora, toujours évanouie, aux jeunes filles qui s'empressent autour d'elle. — La toile tombe.*)

ACTE TROISIÈME

—

CINQUIÈME TABLEAU

Une vieille salle sombre et triste. — Une fenêtre grillée; une table et un banc.

—

SCÈNE PREMIÈRE

JEAN, puis LE SERGENT et MORGAN. (*Au lever du rideau, Jean est assis sur le banc. Ses deux bras sont retenus chacun par une chaîne scellée au sol, et assez longue pour lui permettre quelques mouvements. — Une cruche est à côté de lui.*)

JEAN, seul d'abord.

Elle est gaie, ma chambre nuptiale!... Mariez-vous donc, pour passer la nuit de vos noces avec les fers aux mains, et une cruche d'eau pour toute compagnie!... (*Le sergent et Morgan apparaissent à la porte.*)

LE SERGENT, au factionnaire.

Rien de nouveau?

LE FACTIONNAIRE.

Rien.

JEAN, à part.

Lui! il vient railler mon malheur... Faisons-lui croire que je n'ai pas l'ombre d'une inquiétude... (*Il fredonne.*)

LE SERGENT.

Pauvre diable! Il lâche de se donner du cœur... (*Morgan s'avance vers Jean; le sergent reste en dehors de la porte, avec le factionnaire avec lequel il fait quelques pas, et il disparaît. — On les voit passer de temps en temps.*)

MORGAN.

Jean la Poste, tu chantes comme un rossignol.

JEAN, à part.

En cage...

MORGAN.

Tu prends gaiement ton parti, à ce que je vois...

JEAN.

Oui, je suis content qu'on n'ait pas enchaîné ma langue.

MORGAN.

Tu auras occasion de la délier tout à l'heure... on va t'emmener bientôt devant le conseil de guerre...

JEAN.

Bah! un conseil de guerre... Seront-ils tous en grand uniforme?

MORGAN.

Sans doute... Pourquoi me fais-tu cette question?

JEAN.

Alors je verrai tout le spectacle pour rien...

MORGAN.

Tu y joueras même le plus grand rôle; tout ce monde-là ne se dérange que pour toi...

JEAN.

Eh bien! j'espère que c'est honorable pour ma famille.

MORGAN.

Tu seras accusé de rébellion et de vol à main armée.

JEAN.

Et que me feront-ils pour tout cela?

MORGAN.

Ils te feront pendre aux frais de l'État.

JEAN.

C'est toujours autant d'économisé...

MORGAN.

Tu as voulu te marier, mon gas... et avec la femme que j'aime... Eh bien, voilà ton jour de noces... c'est une fiancée de bois qui t'attend; et elle n'a qu'un seul bras et d'une seule jambe... Ah! ah! ah!... mais une fois qu'elle vous prend autour du cou, on est à elle jusqu'à la mort...,ah! ah!...

JEAN.

Me feront-ils autre chose encore?

MORGAN.

Pas autre chose... Ça ne te paraît pas suffisant?

JEAN.

Non, ça pourrait être pire?...

MORGAN.

Pire! qu'est-ce qu'on pourrait faire pire que de te pendre?

JEAN.

Ils pourraient faire de moi un espion et un lâche.

MORGAN.

Tu crois me tromper avec ta prétendue gaieté... mais je sais ce qui te ronge le cœur... Veux-tu que je te le dise?

JEAN.

Vous feriez mieux de vous en aller.

MORGAN.

Tu penses à Nora... Ne t'inquiète pas d'elle... quelqu'un sera là pour la consoler.

JEAN.

C'est heureux que je sois lié... continue...

MORGAN.

Son amant, d'abord, car tu sais aussi bien que moi qu'elle a un amant... Je ne suis pas dupe du manteau que tu as jeté sur son innocence... Sais-tu que c'est généreux ce que tu as fait là, Jean la Poste?

JEAN.

Va toujours!

MORGAN.

Mais tranquillise-toi, ce n'est pas lui qui la consolera; car nous le pendrons aussi. Ça doit te faire plaisir de savoir qu'il sera pendu...

JEAN.

Oh! ces chaînes!..

MORGAN.

C'est moi qui consolerai Nora... Ah! ah! ah! Pauvre imbécile, tu croyais la sauver... mais veux-tu savoir ce que tu as fait? tu me la livres aussi sûrement que si tu me la léguais par testament. Demain, quand ton affaire sera bâclée, je lui montrerai les preuves que je tiens contre elle, et elle aimera mieux être à moi que de partager ta mort.

JEAN, avec un cri de rage, brisant ses fers.

Jamais, si j'ai seulement une minute. (Il se précipite sur lui.) Brigand, je vais t'envoyer à Satan, puisqu'il ne veut pas venir te prendre!... (Lutte courte et désespérée. Jean renverse Morgan sur la table et se met en devoir de l'étrangler.)

MORGAN.

Au secours! sergent, au secours!...

LE SERGENT, paraissant.

Ah! diable!... (Il accourt, et, aidé du factionnaire, qui a posé son fusil, il parvient à arracher Jean acharné sur Morgan.)

JEAN, furieux.

Laissez-moi! laissez-moi! j'ai commencé, je veux finir.

MORGAN, se relevant à demi-suffoqué.

Tenez-le... appelez la garde... tenez-le... (Rajustant ses vêtements en désordre.) Voilà une façon de recevoir un officier de la loi dans l'exercice de ses fonctions... (Jean est tombé sur le banc et sanglote sur la table. Morgan s'approche de Jean tout en se garant de lui.) Ah! vous pleurez enfin, monsieur Jean la Poste... Je savais bien que votre belle humeur ne durerait pas longtemps... Ah! ah! ah! étranglez-moi donc maintenant... (Le Sergent le prend par le collet, sans bouger, et le fait pirouetter devant lui.) Eh bien! eh bien! sergent...

LE SERGENT.

Sortez vivement! Vous vous êtes trompé de porte... Il y a ici un homme dans le malheur, et non un blaireau dans un trou, pour être traqué par des chiens comme vous.

MORGAN.

Mais... prenez garde...

LE SERGENT.

Sentinelle!...

MORGAN.

J'ai un ordre de vos supérieurs pour visiter le prisonnier...

LE SERGENT.

Flanquez-moi cet homme à la porte! (Le factionnaire prend Morgan par le collet, le fait pirouetter devant lui, comme a fait le Sergent, et le jette à la porte. Le Sergent au soldat.) Bien, c'est comme cela...

MORGAN, reparaissant et montrant son papier.

Je proteste... j'ai un ordre... (Le factionnaire baisse son arme pour sortir, et présente la pointe de sa baïonnette à Morgan, qui recule effrayé.)

SCÈNE II

JEAN, LE SERGENT, puis FANNY.

LE SERGENT.

Allons, mon brave, ne soyez pas abattu comme une fille... Voyons, levez la tête... vous n'êtes pas encore au pied de l'échelle...

JEAN.

Ah! sergent, pourquoi êtes-vous venu si vite?... Ne pouviez-vous attendre une seconde de plus?... Une seconde, c'est si peu de chose.

LE SERGENT.

Je vous l'aurais laissé étrangler avec plaisir... mais ce n'était pas dans la consigne. (Fanny paraît et présente un papier au factionnaire, qui lui montre le Sergent. Le Sergent se retournant.) Une dame!

FANNY, s'avançant.

Voici un ordre du major pour m'admettre auprès du prisonnier...

LE SERGENT, prenant le papier.

Du major? c'est étonnant...

FANNY.

Vous connaissez sa signature?...

LE SERGENT.

Oui... voilà son paraphe...

FANNY.

Eh bien? sergent, veuillez nous laisser... J'ai à causer avec cet homme.

LE SERGENT, bas à Jean.

J'espère que vous ne l'étranglerez pas... (Il fait quelques pas pour s'éloigner.)

FANNY.

Ah! dites-moi, en entrant, j'ai vu une jeune fille assise à la grille de la prison... Y a-t-il longtemps qu'elle est là? (Jean relève la tête et écoute.)

LE SERGENT.

Toute la nuit, mamzelle... Le factionnaire l'a engagée à se retirer, et je lui ai dit moi-même que les femmes et les chiens étaient contre le règlement de la caserne; mais elle a promis de rester tranquille, et nous n'avons pas voulu la chasser.

FANNY.

C'est bien. (Le Sergent sort.)

SCÈNE III

JEAN, FANNY.

JEAN.

Ma pauvre Nora!... toute la nuit, là... à la porte de ma prison... — Quand je serai pendu, je le vois d'avance... elle viendra s'asseoir au pied du gibet, et elle y mourra, la brave fille...

FANNY, s'approchant de lui.

Jean, vous n'avez pas commis le crime dont vous êtes accusé... et plutôt que de vous voir souffrir pour la faute d'un autre, je dénoncerai moi-même l'homme que j'ai aimé; car c'est lui, mon fiancé, qui était caché dans la cabane de Nora.

JEAN, relevant la tête et la regardant fixement.

Et vous le soupçonnez?

FANNY.

Hélas! comment nier l'évidence?... Il m'a menti... il m'a trompée...

JEAN.

En ce cas, mamzelle, taisez-vous sur mon compte, et laissez-moi mourir à ma guise... Je ne veux pas qu'une bouche que je ne puis fermer porte atteinte à la pureté de Nora.

FANNY.

Sa pureté! vous y croyez donc? Et si elle-même vous avouait qu'elle vous a trahi?

JEAN.

Je ne la croirais pas.

FANNY.

Pauvre garçon!... Quelle confiance et quel amour!

JEAN.

Ah! ça, voyons, qu'est-ce que vous venez faire ici, mamzelle? Vous me dites ces choses-là d'une telle façon que je ne peux pas m'en fâcher... et... malgré moi...

FANNY.

Voulez-vous la voir?

JEAN.

Qui?

FANNY.

Nora.

LE SERGENT.
JEAN.

Si je veux la voir !... Demandez à un homme qui meurt de soif, s'il accepte un verre d'eau !

FANNY, *allant à la porte et appelant le Sergent.*

Sergent, allez chercher cette jeune fille qui est à la grille.

LE SERGENT.

Pas d'ordre.

FANNY, *lui montrant un papier.*

Le voici.

LE SERGENT.

Le paraphe ! (*Il sort.*)

JEAN.

Elle va venir... Je la verrai encore une fois !... Allons, courage, soyons ferme... Ne laissons pas voir à la pauvre fille toute la douleur qui est en moi... Tâchons, au contraire, de la consoler... si la chose est possible...

FANNY, *au fond.*

C'est cruel de le détromper ; mais je veux savoir la vérité, coûte que coûte.

SCÈNE IV

LES MÊMES, NORA, *introduite par le Sergent qui se retire.*

NORA, *se précipitant vers le prisonnier.*

Jean !...

JEAN.

Nora, ma bien-aimée !...

NORA.

Oui, ta Nora, ton amie, ta femme !...

JEAN.

Ma femme... répète ce mot... laisse-moi l'entendre encore une fois de la bouche... (*Il la presse sur son cœur avec transport ; puis maîtrisant son émotion qui va aller jusqu'aux larmes.*) Bonjour, comment vas-tu ? (*Fanny observe au fond.*)

NORA.

On est venu me dire que je pouvais te voir... Oh ! quelle joie inespérée !...

JEAN.

Oui... je sais... tu étais là... tu as passé la nuit, à la porte du vieux château... une nuit si froide !... Ce n'est pas raisonnable...

NORA.

Que dis-tu ?... quand c'est moi qui devrais être là, à ta place... ces fers, c'est à mes mains qu'ils devraient être attachés... (*Elle baise les mains de Jean auxquelles pendent encore les bouts de la chaîne.*)

Eh bien ! qu'est-ce que tu fais ?... Veux-tu finir ?...

NORA.

Oh ! pauvre Jean... mon ami... mon bien-aimé... mais ce ne sera pas... Non, je ne veux pas que tu meures... je dirai tout... ils feront de moi ce qu'ils voudront...

JEAN.

Tais-toi... si l'on t'entendait... Allons, voilà que tes yeux sont pleins de larmes, et tes lèvres tremblantes... je ne veux pas que tu te désoles ainsi, entends-tu !...

NORA.

Il faut que tu saches tout... j'ai eu un secret pour toi, je t'ai trompé... Mon Dieu, c'était dans une bonne intention que je le faisais...

JEAN.

Parbleu !... tu n'as pas besoin de me le dire... ça ne peut pas être autrement.

NORA.

Si ce n'eût été une question de mort, crois-tu donc que je n'aurais pas parlé, quand on m'a accusée devant tous, d'avoir... oh ! c'est odieux... Comment a-t-on pu concevoir une pareille pensée ?...

JEAN.

Qu'est-ce que ça te fait ?... puisque je n'en ai rien cru, puisque je n'en crois rien.

NORA.

Un homme était caché chez moi, c'est la vérité... mais je ne pouvais dire son nom...

JEAN.

Je ne te le demande pas... si tu as promis le secret, il faut le garder... Ce n'est pas moi qui voudrais te faire manquer à ta parole... D'ailleurs, quand on est mort, on sait tout...

NORA.

Mon Dieu, mon Dieu !

JEAN.

Allons bon, qu'est-ce que je dis là... moi qui veux te consoler... Calme-toi !.. Je voulais te dire seulement... quoi ?... qu'est-ce que je voulais te dire... je ne m'en souviens plus... Ah ! si fait, je disais que, pour avoir foi en toi, jusqu'à la fin, je n'ai pas besoin que tu me dises ce nom, que tu as promis de taire...

FANNY, *s'approchant.*

Mais, moi, je n'ai fait aucune promesse, et ce nom, je puis le dire... (*A Nora.*) L'homme qui était caché dans votre cabane, c'est Daniel Maccoum...

JEAN.

Quoi ! Maccoum ; lui !... Et je n'ai pas deviné... suis-je idiot... suis-je bête !... ô Nora ! Nora... (*Il l'embrasse avec transport.*) Bien certainement je m'en doutais pas... tu l'as vu... (*A Fanny.*) N'est-ce pas ? mamzelle... vous savez ce que je vous ai dit... — mais c'est égal, j'ai comme une barre de moins dans l'estomac, et, avec le gibet devant moi, et je ne sais pas combien d'heures à vivre, je ne donnerais pas ce moment de bonheur pour un siècle d'existence, sûr comme je le suis, que ton âme est à moi tout entière.

FANNY.

D'où vient donc cette joie ?

JEAN.

Maccoum... comment ! il a donc quitté la France... Mais pourquoi m'a-t-on caché sa présence ici ?...

NORA.

Je devais tout te dire, quand il serait parti...

JEAN.

Ah ! tu n'as pas voulu me faire partager le danger que tu courais... c'est mal.

NORA.

N'aurais-tu pas fait de même ?...

JEAN.

Moi... Je ne dis pas... mais c'est bien différent... — Ne savais-tu pas que j'étais prêt à donner ma vie pour lui ?

FANNY.

C'est ce que vous faites en ce moment !...

JEAN.

C'est vrai, mamzelle... et c'est une sorte de consolation... Je serai fier de me dire, quand je serai devant le conseil : c'est M. Daniel qui serait là, si je ne m'étais pas présenté à sa place ; — car mourir pour Maccoum, c'est encore mourir pour Nora.

FANNY.

Pourquoi ?...

JEAN.

Pourquoi ?...

NORA.

Jean !...

JEAN.

Nora... elle aime Maccoum... C'est son fiancé, et elle est... jalouse de toi.

NORA.

Ah ! c'est horrible !

FANNY.

Horrible que vous aimiez Maccoum !

JEAN.

Elle est sa sœur !

FANNY.

Sa sœur !...

NORA.

Oh ! gardez bien ce secret, mademoiselle... par respect pour une tombe !

FANNY.

Ah ! qu'ai-je fait ?

JEAN.

Quoi donc ?...

FANNY, *à elle-même avec véhémence.*

Malheureuse folle que je suis, j'ai engagé ma parole au colonel contre la grâce de Maccoum...

NORA.

Sa grâce!

FANNY.

Oui, sa grâce, que je lui ai envoyée cette nuit, à la chapelle de la falaise, avec un a-lieu sec, froid, cruel... Oh! mandite jalouse... on m'avait bien prédit que ma tête exaltée causerait tôt ou tard d'irréparables malheurs... Pauvre Daniel, que doit-il penser? que va-t-il dire?

JEAN.

Ne vous désolez pas, mamzelle... il y a de la ressource. — Savez-vous ce que je ferais, moi?... à votre place, je dirais tout au colonel...

FANNY.

Le puis-je!... C'est moi-même, insensée, qui, dans ma colère, ai fixé le jour de notre mariage.

JEAN.

Ah! la colère, c'est comme le wisky, quand on en boit une gorgée de trop...

FANNY.

Je me suis perdue moi-même, comme si je m'étais suicidée, dans un accès de folie. (*Roulement de tambour au dehors.*)

NORA.

Ah! écoutez!...

JEAN.

On vient me chercher pour le conseil de guerre... je n'y pensais plus du tout... mais il paraît qu'on y pensait pour moi... après tout, je ne peux pas leur en vouloir... chacun son métier.

FANNY.

Arrive que pourra... Jean, il ne faut pas que vous mouriez...

JEAN.

C'est tout à fait mon opinion, mamzelle... la vie et Nora sont une bonne chose, prises ensemble.

NORA.

Mais il s'est avoué coupable.

JEAN.

Sois tranquille! Je me désavouerai.

Le colonel vous fera acquitter... c'est un engagement de plus que je prends vis-à-vis de lui; mais qu'importe... Seulement ne prononcez pas le nom de Maccoum... Sa grâce serait nulle, si l'on savait qu'il est revenu en Irlande, et qu'il a attaqué un employé de l'État.

JEAN.

Il n'y a pas de danger que je parle de lui... N'ayez aucune inquiétude...

FANNY.

Si vous pouviez seulement prouver un alibi...

JEAN.

Un alibi! Ah! oui, j'ai entendu dire que c'est une bonne chose dans un procès.

NORA.

Qu'est-ce donc?...

JEAN.

Je ne sais pas... mais c'est ce que les avocats cherchent toujours, quand un homme est dans l'embarras. — Avez-vous un alibi, dit le juge? — Oui, répond l'avocat. — C'est assez, dit la cour; acquittez le prisonnier! (*On entend un bruit d'armes et la voix du Sergent qui dit : Halte!*) Voilà ma garde d'honneur... (*La porte s'ouvre. — Le Sergent paraît avec des soldats.*)

SCÈNE V

LES MÊMES, LE SERGENT.

LE SERGENT.

Pardon, si je vous dérange... mais il faut que j'emmène le prisonnier devant le conseil de guerre.

JEAN.

Me voilà, je vous suis... Enchanté, sergent, de faire route avec vous.

FANNY, *à Jean.*

Bon courage!

JEAN.

Faites ce que vous pourrez, mamzelle... Mais vous savez, si vous échouez, je ne vous en voudrai pas. (*Sur un signe du Sergent, deux soldats viennent se placer près du prisonnier.*)

FANNY.

Bon courage! (*A part.*) — Il faudra que nous le sauvions. (*Elle sort.*)

NORA.

Jean, je serai près de toi, le plus près possible... (*Fondant en larmes.*) Et si tu meurs, je mourrai.

JEAN.

Voilà justement ce que je ne veux pas... c'est assez d'un... Mais je serai content si tu es là; ta vue me donnera du courage... Vous permettez que je l'embrasse, sergent?...

LE SERGENT.

Ça n'est pas dans le règlement... mais puisqu'elle est là, faites vite!

JEAN, *embrassant Nora.*

Allons, hâte-toi, pour avoir une bonne place; car je crois bien qu'il y aura beaucoup de monde là-bas. (*Nora sort.*)

LE SERGENT.

En route! (*A Jean.*) Puis-je vous procurer quelque chose, avant le procès?

JEAN.

Eh bien! sergent, vous n'auriez pas un alibi, par hasard, ou ne pourriez-vous en emprunter un à un ami?...

LE SERGENT.

Un alibi! Je ne connais pas ce cordial... mais je m'informerai... et si ça ne coûte qu'un mois de ma solde, vous aurez votre alibi.

JEAN.

Je suis fâché de ne vous avoir pas connu plus tôt, Sergent... mais si j'en reviens, nous prendrons quelquefois la goutte ensemble.

LE SERGENT.

En avant, marche!... (*Sortie des soldats emmenant le prisonnier. — La toile tombe.*)

ACTE QUATRIÈME

SIXIÈME TABLEAU

La salle du conseil de guerre. — Une grande salle. Au fond, un paravent derrière lequel la salle continue. On voit dans le fond, par-dessus le paravent, des trophées, des drapeaux, etc. A droite est une estrade sur laquelle sont disposées cinq tables et cinq chaises pour le conseil de guerre. A gauche est l'enceinte du public, fermée par une balustrade qui s'ouvre au milieu. Au milieu de la scène, une grande table recouverte d'un tapis vert, avec quelques escabeaux autour. Un peu au-dessus de la table, à gauche, est la banc des accusés, sorte de banc élevée d'une marche, et dans laquelle le prévenu se tient debout.

SCÈNE PREMIÈRE

O'GRADY, LE MAJOR, TROIS OFFICIERS, UN GREFFIER, LE SERGENT, KATTY, PADDY, REGAN, PAYSANS et PAYSANNES, puis MORGAN. (*Au lever du rideau, les officiers sont groupés et causent à droite sur le devant du théâtre. — La foule se presse entassée dans l'enceinte réservée au public. — Le greffier est assis à table et écrit. — Rumeurs dans la foule.*)

LE MAJOR.

J'espère, colonel, que vos paysans se comporteront convenablement au conseil de guerre.

O'GRADY.

Que voulez-vous? Les Irlandais ont le geste prompt, la parole vive et l'émotion bruyante; un peu d'indulgence, major, il ne leur reste que cela.

PADDY.

Mais ne poussez donc pas comme ça?

KATTY.

Vous croyez qu'il n'y a que vous ici...

REGAN, *derrière elle.*

Madame, voudriez-vous bien retirer le fond de votre bonnet, qui m'est entré dans la gorge... (*On rit.*)

LE SERGENT.

Silence!...

KATTY.

Sergent, où est donc la cour, s'il vous plaît?

PADDY.

Ce sont ces officiers en galons dorés, là-bas...

KATTY.

Ah! c'est O'Grady...

PADDY.

Et le major Plait-il? (*Les officiers montent sur l'estrade.*)

REGAN.

Attention! ça va commencer... (*Roulement de tambours.*)

LE MAJOR.

Sergent, tout est-il prêt?

LE SERGENT.

Oui, major!

O'GRADY.

Qu'on amène le prisonnier. (*Le Sergent sort par la droite. — Bruit dans la foule.*)

PADDY.

Pauvre Jean! (*Morgan entre en scène par le premier plan de gauche, accueilli par les huées de la foule.*)

KATTY, *montrant le poing à Morgan.*

C'est ce Judas, qui est cause de tout...

REGAN.

S'il est pendu, gare à lui!

LE GREFFIER.

Silence!

KATTY.

Silence, vous-même...

SCÈNE II

LES MÊMES, JEAN, *arrivant à droite, entre deux soldats et précédé du Sergent, puis* NORA.

CRIS, *dans la foule.*

Le voilà!... ne poussez pas... ne poussez pas... Bonjour, Jean la Poste. — Courage, Jean la Poste.

JEAN, *s'arrêtant près du public.*

Bonjour, les amis... salut, Paddy, bonjour, Regan... Ah! c'est vous, Pat... Eh bien! Katty, comment ça va-t-il? (*Il leur donne des poignées de main.*)

LE MAJOR.

Sergent, empêchez donc ces communications entre l'accusé et le public!... (*Le Sergent fait placer Jean dans la boîte destinée aux prisonniers. Les deux soldats se placent de chaque côté. — Le Sergent va s'asseoir auprès du greffier. — Morgan s'assoit sur un escabeau en avant de l'enceinte du public.*)

DANS LA FOULE.

Nora, voici Nora, de la place pour Nora!...

KATTY.

Mais ne poussez donc pas comme ça!...

LE SERGENT.

Sacrebleu! Voulez-vous vous taire... Oh! les Irlandais... (*Nora, à qui on a fait place, se trouve au premier rang de la foule, près d'une porte pratiquée dans l'enceinte, un peu au-dessus du prisonnier.*)

JEAN, *à Nora.*

Ah! bon, te voilà...

O'GRADY.

En vertu de l'état de siége décrété par édit royal, le tribunal militaire est constitué!

LE MAJOR, *à Jean, qui fait des signes à Nora.*

Accusé, tournez-vous du côté de la cour, et répondez aux questions qu'on va vous adresser.

NORA, *à Jean.*

Fais bien attention à ce que tu vas dire...

JEAN.

Sois tranquille!

LE MAJOR.

Votre nom?...

JEAN.

Mon nom! Vous voulez vous moquer de moi?

LE MAJOR.

Plaît-il?

JEAN.

Qui est-ce qui ne sait pas mon nom? (*Montrant O'Grady.*) Voilà Son Honneur, à côté de vous, qui peut répondre pour moi, — que Dieu le bénisse!

LE MAJOR, *impatienté.*

Accusé, dites à la cour votre nom!

JEAN.

Croyez-vous que j'en rougisse?...

LE MAJOR.

Parlerez-vous?

O'GRADY.

Voyons, Jean, mon garçon...

JEAN.

Eh bien! qu'est-ce que je disais?... Il me connaît bien, lui!

LE MAJOR, *au greffier.*

Écrivez... Jean... — C'est l'Irlandais; pour John, je suppose.

JEAN.

Non, monsieur, John, c'est l'Anglais pour Jean.

LE MAJOR.

Votre autre nom?

JEAN.

Mon autre nom?... Est-ce que j'ai jamais fait quelque chose à cacher sous un autre nom?... (*A la foule.*) M'avez-vous jamais connu un autre nom, garçons?

TOUS.

Non, non, écrivez cela, major!...

LE MAJOR, *exaspéré.*

C'est indécent... sergent, imposez silence, ou je fais évacuer la salle.

LE SERGENT, *se levant.*

Silence! (*Le calme se rétablit.*)

O'GRADY.

On l'appelle Jean la Poste.

JEAN.

Parce que je porte le sac des lettres dans le char, Votre Honneur.

LE MAJOR.

Maintenant, accusé, êtes-vous coupable ou non?

JEAN.

Mais, major, c'est à vous de le découvrir... c'est pour cela que vous êtes ici...

NORA.

N'avoue rien, Jean!

JEAN.

Pas si bête.

O'GRADY.

Cependant, Jean, vous vous êtes avoué coupable de vol et de rébellion...

JEAN.

Eh! bien, O'Grady...

LE MAJOR.

Accusé, cette familiarité vis-à-vis du président de la cour est intolérable.

O'GRADY.

Pardon, major, vous ignorez nos coutumes irlandaises! Je suis O'Grady, le chef de mon clan... comme vous appelez vos rois sans offense, par leur nom de Georges ou de Williams, nous autres chefs de clan, sommes appelés O'Grady ou Maccoum, tout court. Pardonnez-moi cette digression, major; mais cet homme m'a donné mon titre, rien de plus.

JEAN.

C'est cela même... bien répondu, Votre Honneur.

O'GRADY.

Continuez, mon garçon !

JEAN.

Hier soir, major, je me suis avoué coupable, c'est la pure vérité ; mais, ce matin, je m'avoue innocent.

LE MAJOR.

Vous voulez retirer votre aveu ?... (*Jean ne comprend pas ; le sergent lui parle à l'oreille.*)

JEAN.

Je ne sais pas... Je veux faire ce qui me fera acquitter... voilà tout.

LE MAJOR, *au greffier.*

L'accusé retire son aveu. Ecrivez : — Non coupable !

JEAN.

Merci, major!... C'est fini, Nora, je ne suis pas coupable!... (*Il descend de son estrade et va pour s'en aller.*)

LE MAJOR.

Eh ! bien, que fait-il-donc !... Sergent, retenez-le !... (*Le Sergent et les deux soldats veulent forcer Jean à remonter sur son estrade. — Celui-ci a pris Nora dans ses bras, et résiste aux soldats.*)

JEAN.

Oh ! major, vous n'allez pas retirer votre parole... (*A la foule.*) Est-ce que Son Honneur ne vient pas de dire que je ne suis pas coupable ?...

TOUS.

Oui, major, vous l'avez dit... (*La foule cherche à enlever Jean que les soldats veulent reprendre. — Tumulte.*)

LE MAJOR, *qui s'est levé exaspéré.*

C'est scandaleux... Sergent, maintenez la dignité de cette cour !... (*Le Sergent et les soldats sont enfin parvenus à faire remonter Jean sur son estrade.*)

LE SERGENT.

Silence !

LE MAJOR.

Maintenant, monsieur Morgan, approchez, et faites votre déclaration ! (*Morgan se lève. — Violents murmures dans la foule.*)

PLUSIEURS VOIX.

Va, gueûx! — va, brigand! — traître!— renégat! — pourvoyeur de potence... Va, Caïn ! (*Morgan se glisse cauteleux et craintif, et s'approche, en courbant le dos, de la table où est le Sergent. Katty frappe avec rage d'un bâton son chapeau qu'il a laissé à sa place, ainsi qu'un sac de cuir contenant des papiers.*)

LE MAJOR.

Parlez, monsieur Morgan !

MORGAN.

Plaise à vos seigneuries...

O'GRADY.

Arrêtez ! — Votre nom !

MORGAN.

Michel Morgan...

O'GRADY.

Votre profession ?...

MORGAN.

Mais, Votre Honneur...

O'GRADY.

Silence... répondez ! Quelle est votre ignoble profession ?

MORGAN.

Mais vous le savez aussi bien que moi... Je suis un officier de la loi.

O'GRADY.

Je vous connais, il est vrai, mais ces messieurs ne vous connaissent pas... et je veux qu'ils sachent à qui ils ont affaire... Êtes-vous espion ?...

MORGAN.

Mais...

O'GRADY.

Oui ou non ?

MORGAN, *baissant la tête.*

Oui !...

O'GRADY.

Faites-vous métier de dénonciateur, et en tirez-vous un salaire ?

MORGAN.

Mais...

O'GRADY.

Oui ou non ?

MORGAN, *baissant la tête.*

Oui !

O'GRADY.

Combien de fois avez-vous été en prison ?

MORGAN.

Mais... colonel... est-ce moi que vous jugez, ou Jean la Poste ?...

O'GRADY.

N'interrogez pas ! Répondez. — Combien de fois avez-vous été en prison ?...

MORGAN.

Je... je ne me rappelle pas au juste.

O'GRADY.

Je vais vous rafraîchir la mémoire.

MORGAN.

Ne vous donnez pas cette peine.

O'GRADY.

Trois fois pour parjure.

MORGAN.

Oh ! dans cet état-là, vous savez!...

O'GRADY.

Quatre fois pour vol !

MORGAN.

Non ! trois... trois.

O'GRADY.

C'est écrit...

MORGAN.

Ah ! si c'est écrit...

O'GRADY.

Et cinq fois pour petits délits...

MORGAN.

Six...!...

O'GRADY.

Voulez-vous que je nomme les prisons et la durée des détentions.

MORGAN.

Je...

Oui ou non ?

MORGAN.

Non !... (*Rires dans la foule.*)

O'GRADY.

Maintenant la cour vous connaît... Faites votre déposition !...

MORGAN, *d'une voix larmoyante.*

C'est bien dur pour un pauvre homme qui ne fait que son devoir d'être traité ainsi... Vous savez tous ce que j'ai à dire... c'est écrit dans la déposition.... Est-ce ma faute si Jean a avoué le vol?... est-ce moi qui ai mis cette idée dans sa tête, ou les billets dans sa poche? — Alors, pourquoi soulever mes pauvres guenilles, pour montrer les plaies qui sont dessous ?... C'est bien dur... c'est bien dur...

O'GRADY.

Vous n'êtes pas ici pour pleurnicher, mais pour accuser le prisonnier... faites votre déposition !...

MORGAN.

Mais, colonel, c'est Jean qui s'est accusé lui-même... Je n'ai pas de raison pour le démentir, d'autant plus qu'il savait bien que je portais sur moi une grosse somme d'argent.

LE MAJOR.

Vous jurez que ces billets de banque font partie de la somme qui vous a été volée ?

MORGAN.

Je le jure.

LE MAJOR, *à Jean.*

Accusé, avez-vous des questions à adresser au témoin?...

JEAN.

Je ne voudrais pas m'avilir jusqu'à lui adresser la parole...

LE MAJOR, *à Morgan.*

Vous pouvez vous retirer. (*Morgan retourne à sa place, où la foule l'accueille encore par des murmures.*)

LE SERGENT.

Silence !

LE MAJOR, *à Jean.*

Qu'avez-vous à dire pour votre défense?...

O'GRADY.

Et n'oubliez pas, Jean, qu'il y va de votre vie...

NORA.

Fais bien attention, Jean...

JEAN.

Ah ! messieurs, la plus belle défense que je puisse faire. (*Montrant Morgan.*) La voilà... Ce qui prouve mon innocence, c'est la bouche qui m'accuse!... voyez cette face blême... la haine et la peur sont écrites dessus... il n'y a qu'une chose qui ne mente pas en lui, c'est sa figure. Savez-vous pourquoi il n'y a pas de sang sur ses joues ? C'est qu'il n'y eu a pas dans son cœur.

LE MAJOR.

N'injuriez pas le témoin.

TOUS.

Très-bien, Jean !

LE SERGENT.

Silence !

O'GRADY.

Continuez, Jean !

JEAN.

Il avait levé les yeux sur la femme que je viens d'épouser; mais elle était trop haut pour lui, et pour la mettre à sa portée il a tâché de l'avilir... Qu'est-ce qui prouve que les billets ont jamais été à lui?... Qu'est-ce qui prouve que tout ce qu'il a découvert et tout ce qu'il raconte n'est pas un complot pour me perdre ? Il n'y a contre moi que son serment?... Est-ce qu'on peut appeler ça une preuve ? Offrez-lui ma femme, et il avalera tout ce qu'il a juré... n'est-ce pas, Michel Morgan. Quand saint Patrick a chassé d'Irlande toutes les bêtes malfaisantes, il a laissé derrière lui un serpent, et c'est votre grand-père.

TOUS.

Oui, oui, c'est cela ! Bravo ! Jean.

LE SERGENT.

Silence !

LE MAJOR.

Insulter n'est pas répondre... Avez-vous des témoins ?

JEAN.

Des témoins ?...

LE MAJOR.

Oui, des témoins qui puissent répondre de vous, pendant la nuit du vol.

JEAN.

Je n'avais que ma vieille jument... Si elle pouvait parler...

LE MAJOR.

Assez ! la cause est entendue... La cour va délibérer. (*Les officiers se lèvent, se forment en groupe... Jean fait un signe suppliant au Sergent et lui montrant Nora, puis descend et embrasse Nora.*)

LE MAJOR.

Messieurs, les faits parlent d'eux-mêmes; nous n'avons qu'un devoir à remplir.

O'GRADY.

Quant à moi, je demande son acquittement.

LE MAJOR.

Pour quelle raison ?

O'GRADY.

Messieurs, j'ai des raisons particulières pour croire que ce pauvre diable est innocent... faites-moi le grand plaisir de le croire aussi.

LE MAJOR.

J'aime à penser, colonel, que vous ne parlez pas sérieusement. Allons, messieurs, aux voix!

NORA.

J'ai la mort dans le cœur!...

JEAN.

Voyons, ne tremble pas comme ça! (*Rumeurs dans la foule; les officiers reprennent leur place.*)

LE MAJOR.

Colonel! nous sommes à vos ordres.

O'GRADY, *avec humeur.*

Faites !

LE MAJOR.

Accusé, la cour ayant examiné les dépositions, et dûment pesé votre défense, reconnaît fondée l'accusation portée contre vous d'avoir conspiré avec des rebelles armés, contre la paix de Sa Majesté et du royaume, et aussi d'avoir commis un vol avec violence, sur la personne de Michel Morgan; en conséquence, la cour vous déclare coupable.

Coupable!

NORA.

Ah! pauvre Jean !

TOUS.

Silence !

LE SERGENT.

O'GRADY.

J'en suis désolé pour vous, Jean; je vous aurais acquitté si un contre quatre eût suffi. Mais ils sont tous contre vous, mon pauvre garçon; par conséquent, vous êtes coupable.

LE MAJOR.

Permettez-moi de vous faire remarquer, colonel, que ces observations portent atteinte à la dignité de la cour.

O'GRADY, *se levant.*

Sa dignité, ah! major, voyez cette pauvre fille se presser contre cette poitrine dans laquelle elle sait que demain un cœur ne battra plus! c'est l'offenser, dites-vous, la dignité de la cour que de témoigner de la pitié pour un tel malheur. Eh bien! alors condamnez sans moi ces deux existences; vous êtes quatre, c'est assez pour cette triste besogne. Je ne signerai pas cet arrêt.

LE MAJOR.

Colonel !

O'GRADY.

Cet homme est innocent; je le sens, je l'affirme : faites votre devoir, messieurs, je vais faire le mien. (*Il sort par la droite.*)

LE MAJOR.

Accusé, nous regrettons la sentence que nous sommes forcés de prononcer contre vous; mais la cour n'a qu'un devoir, et vous devez subir la peine de votre crime. (*Les officiers se découvrent.*) La cour vous condamne à être transporté d'ici, dans la prison d'où vous venez, et demain, à midi, vous subirez la mort. — Que Dieu ait votre âme! (*Les officiers se couvrent.*)

JEAN.

Je n'ai rien à vous reprocher, messieurs, car vous croyez faire ce qui est juste, comme moi, je suis sûr de faire ce qui est bien. Vous m'auriez sans doute acquitté si vous aviez pu, ainsi que Dieu vous bénisse tout de même.....

LE MAJOR.

Emmenez le condamné! (*Cris du peuple, qui enlève Morgan par-dessus la balustrade. — On aperçoit en l'air les jambes de Morgan, ballotté dans la foule qui disperse avec colère les papiers que contenait son sac. — La toile tombe.*)

SEPTIÈME TABLEAU

La chaumière de Nora. — Même décor qu'au deuxième tableau.

SCÈNE PREMIÈRE

NORA, LE SERGENT.

LE SERGENT, *amenant Nora qui se laisse tomber sur un banc.*

Voyons, ne vous désolez pas... assez pleuré comme ça...

quelle manie ont les femmes de changer leurs yeux en fontaines, et de détremper leurs émotions avec de l'eau!

NORA.

Ne puis-je le voir? ne puis-je passer auprès de lui les derniers moments?

LE SERGENT.

Impossible! personne ne peut être admis dans sa cellule, sauf le ministre qui met son âme en grande tenue, et lui donne la consigne pour là-haut.

NORA.

Je ne le reverrai donc plus jamais?

LE SERGENT.

Si, une seule fois, à la fin!

NORA, sanglotant de nouveau.

Oh! Jean, mon bien-aimé.

LE SERGENT, à lui-même.

Morbleu! de quelle commission me suis-je chargé là! J'aimerais mieux affronter une batterie que les deux yeux suppliants de cette pauvre fille qui me regarde comme une biche qu'on va égorger.

NORA, relevant la tête.

LE SERGENT.

Voilà, présent; que me voulez-vous, ma belle?

NORA, montrant le vieux château au fond.

La tour où il est enfermé est adossée contre la falaise... du rocher je puis gagner la plate-forme au-dessus de son cachot.

LE SERGENT.

Oui, j'y suis monté bien souvent en fumant ma pipe, pour voir les nuages rouler sur la mer, qui se brise au pied du vieux mur..... C'est un spectacle fait pour un homme qui n'est pas tout à fait une machine.

NORA.

Dites-lui que je serai là, près de lui... apportez-moi un mot de lui... quelque chose qui lui appartient, qu'il a touché.

LE SERGENT.

Pour ça, ça peut se faire... je vous montrerai même la fenêtre de sa prison... vous pourrez la voir, en vous penchant un peu sur l'abîme.

NORA.

Et puis dites-lui que... lorsqu'il mourra... (Fondant en larmes.) Ah! mon Dieu!... mon Dieu!

LE SERGENT.

Bon, ça recommence... Voyons, mon enfant, ne pleurez pas!... là! là! (Il lui essuie les yeux avec son mouchoir qu'elle tient à la main, et qu'il garde machinalement.) Sacrebleu! du courage, soyez un homme! Écoutez... le pauvre garçon n'est peut-être pas tout à fait perdu... vous connaissez la demoiselle du colonel... Miss Fanny, je crois... n'est-ce pas miss Fanny qu'elle s'appelle? (Nora fait signe que oui.) Miss Fanny Dalton ou Barton... oui, c'est cela... Eh bien, je l'ai vue, elle s'intéresse au sort de Jean... Elle m'a chargé de vous dire qu'elle viendra vous chercher ici... elle va vous apporter quelque espoir. (Nora fait un signe de doute.) Je sais bien que vous n'y comptez pas; je n'y compte guère moi-même... la jeune dame ne paraît pas bien solide; mais enfin... on se raccroche où l'on peut... Il y a trois ans, en revenant de l'Inde, j'étais tombé à la mer dans une tempête... Eh bien! j'ai été sauvé par une cage à poules... Qui peut savoir? (Cris au dehors.) Qu'est-ce que c'est que ça? (Il remonte la scène.) Une foule de paysans armés poursuivant une bête dans la forêt... Non, c'est un homme qu'ils chassent. (Arrive Morgan courant, essouflé.) Non, je ne me trompais pas... c'est une bête...

SCÈNE II

LES MÊMES, MORGAN.

MORGAN.

Sauvez-moi!.... ils ont juré de me tuer.

LE SERGENT.

Qui?

MORGAN.

Tout le monde... j'ai pu les dépister un instant; mais ils vont retrouver mes traces et me mettre en morceaux. Vous ne voudrez pas me voir assassiner par ces brigands... vous ne le devez pas... vous êtes l'autorité.

LE SERGENT.

C'est vrai, je ne dois pas le voir; je tournerai le dos. (Les cris se rapprochent de plus en plus.)

MORGAN.

Ah! Nora, sauvez-moi! ils vous écouteront.

NORA.

Moi, que leur dirai-je? sauvez-vous si vous pouvez...

MORGAN.

Mais je ne peux pas m'échapper, je suis cerné. (Cris au dehors très-près.) Ah! (Il se précipite dans la cabane de Nora et referme la porte. — Ce mouvement n'est aperçu ni du Sergent, ni de Nora.)

SCÈNE III

NORA, LE SERGENT, MORGAN, dans la cabane, PADDY, REGAN, PAYSANS, armés de fusils, de faulx, de fourches.

TOUS.

Où est-il? Morgan! Morgan! (Ils cherchent de tous côtés.)

REGAN, à Nora.

Où est la canaille?.. il a passé par ici!

NORA.

Il est parti.

PADDY.

De quel côté?

NORA.

Je ne sais pas... je n'ai pas vu!...

REGAN.

Nous le retrouverons... il ne peut nous échapper. Pour la vie de Jean, nous aurons celle de Morgan.

TOUS.

Oui, oui, mort à Morgan!

SCÈNE IV

LES MÊMES, MACCOUM.

MACCOUM, paraissant au fond et les arrêtant d'un geste.

Arrière!

NORA, se retournant.

Cette voix!...

TOUS.

Maccoum!.. notre maître.

NORA, courant à lui.

Ah! Maccoum!

MORGAN, montrant la tête à la fenêtre.

Maccoum!

MACCOUM, la prenant dans ses bras.

Nora, pauvre enfant, que viens-je d'apprendre? Tu as souffert pour moi la honte, presque la mort, et tu n'as rien dit, noble fille; et tu laissais mourir à ma place cet autre brave cœur qui attend là-bas, muet et résigné, le bourreau dans son cachot. Sèche tes larmes, Nora, Jean ne mourra pas.

TOUS.

Non, non, vive Jean!

LE SERGENT.

Vive Jean! vive... Eh bien! morbleu! je suis Anglais... mais ça me gagne.

NORA.

Mais ils le tiennent... il est condamné; ils le tueront... Que pouvez-vous faire?

MACCOUM.

A quelle heure l'exécution doit-elle avoir lieu?

NORA.

A midi.

PADDY.

Et dans ce cas-là, la montre du major ne retarde jamais.

LE SERGENT.

C'est vrai!

MACCOUM.

Seize heures... et le seul homme qui puisse sauver Jean, le vice-roi d'Irlande, est au château de Dublin, à vingt lieues d'ici... Oh ! si j'avais seulement un cheval de race à crever.

LE SERGENT.

Ah ! si j'étais un cheval de race... Voilà la première fois de ma vie que je regrette de ne pas être une bête.

NORA.

Il y a un moyen de le sauver ?

MACCOUM.

Lequel ?

NORA.

L'alerte est dans le pays... Faites sonner le tocsin dans les campagnes. Prononcez le nom de Maccoum, et dix mille hommes sortiront de terre pour vous suivre jusqu'à la mort !

REGAN.

Ordonnez-leur de démolir la prison pierre à pierre, pour en arracher Jean, et ils le feront avec leurs ongles.

TOUS.

Hourrah !

LE SERGENT.

Hourrah ! Allez-y ! démolissez, faites sauter le château et moi avec !... ça me gagne, sacrebleu ! je suis Anglais, mais c'est plus fort que moi !

MACCOUM.

Votre main, brave homme ! Vous êtes de service au château ?

LE SERGENT.

Oui, le pauvre garçon va être cette nuit sous ma garde !

MACCOUM.

Faites donc comprendre à ces écervelés ce qui arriverait à Jean s'ils attaquaient la prison pour le délivrer.

LE SERGENT.

Parbleu ! je lui brûlerais la cervelle.

TOUS.

Ah !

MACCOUM.

Vous voyez qu'il faut renoncer à ce moyen, mes enfants.

PADDY, *qui a jeté les yeux vers le fond, poussant un cri.*

Ah ! là-bas, la troupe qui arrive.

MACCOUM.

Où donc ? (*Mouvement général ; ils remontent la scène en regardant au fond.*)

MORGAN, *à la fenêtre de la cabane.*

Maccoum ! Maccoum ! le proscrit, sa tête vaut cinq cents livres, et je ne puis m'échapper d'ici pour le faire pendre.

MACCOUM, *au fond.*

Oui, ils avancent de ce côté... Voyez ! l'officier indique cet endroit.

PADDY.

C'est le major.

NORA.

Mon Dieu ! ils vont vous prendre !

REGAN.

Ils viennent au secours de Morgan, et c'est vous qu'ils vont trouver ici.

NORA.

Fuyez, ils vont barrer le chemin avec leurs corps.

PADDY.

Oui, courons sur la troupe.

MACCOUM, *aux paysans qui s'élancent.*

Arrêtez... Écoutez-moi !... Ils viennent pour empêcher votre chasse au renard ; il faut leur faire suivre une autre piste ; précipitez-vous là, dans le taillis en criant : Mort à Morgan ! ils vous suivront, et vous les mettrez en défaut. Partez, mes garçons ! la ruse vaut la force !

TOUS.

Hourrah !... (*Ils s'éloignent dans la direction indiquée par Maccoum en poussant des cris comme s'ils poursuivaient Morgan.*) Le voilà ! le voilà !... Mort à Morgan ! (*Ils s'éloignent et disparaissent en criant.*)

MORGAN, *à la fenêtre.*

Cinq cents livres... l'eau m'en vient à la bouche... Ils sont partis... Si je pouvais filer !

MACCOUM.

Bien... la troupe se détourne pour les poursuivre. Ne crains rien, Nora, Jean ne mourra pas! Si je ne puis avoir sa grâce, c'est moi qui mourrai à sa place.

LE SERGENT.

Je joue ici un rôle qui n'est pas dans l'ordonnance. (*Remontant vers Maccoum.*) Dites donc, proscrit, je vais rejoindre mes camarades là-bas... Mais je vous préviens que j'ai la mémoire diablement courte, et je suis sûr d'oublier complètement que je vous ai vu ici... Sans quoi, je ne manquerais pas de mettre toute la troupe à vos trousses.

MACCOUM.

Merci, Sergent.

LE SERGENT.

Ainsi, mon cher ami, si je vous revois et qu'on en vienne aux coups de fusil, je suis certain de ne pas vous reconnaître... et j'espère que vous ne serez pas blessé si je vous flanque une balle dans la tête, n'est-ce pas ?

MACCOUM.

Pas le moins du monde. Au revoir.

LE SERGENT.

Au revoir... Saperlotte, en voilà un qui ne boude pas... à la bonne heure ! (*Voyant paraître Fanny, à Nora.*) Tenez, ma belle fille, voici miss Fanny. (*Il sort.*)

SCÈNE V

NORA, MACCOUM, FANNY.

FANNY, *courant à Nora.*

Nora, ma pauvre Nora !

MACCOUM.

Fanny !

FANNY.

Daniel ici !... J'avais espéré que vous étiez parvenu à vous échapper.

MACCOUM.

Vous ne dites pas ce que vous pensez, Fanny... vous saviez bien que votre cruelle lettre me rappellerait. (*Morgan sort furtivement de la chaumière et disparaît.*)

FANNY.

Pardonnez-moi, Daniel... j'étais folle !

MACCOUM.

Qu'importe à présent ? Les regrets viennent trop tard ; ma vie n'appartient plus ni à moi ni à vous ; elle est à ce pauvre garçon qui attend la mort.

FANNY.

Mais vous avez votre grâce !

MACCOUM.

Le fait pour lequel ils ont condamné Jean est postérieur à la lettre de pardon... D'ailleurs, je ne l'ai plus, je l'ai détruite.

FANNY.

Détruite !

MACCOUM.

Vous m'avez dit que c'était O'Grady qui vous l'avait procurée et qui vous l'offrait comme cadeau de noces... Pensiez-vous que je l'accepterais ?

NORA, *à O'Grady, qui paraît au fond.*

O colonel, sauvez-le !

SCÈNE VI

LES MÊMES, O'GRADY.

O'GRADY, *allant à Nora.*

Ne pleurez pas, mon enfant ; je vais à Dublin trouver le vice-roi ; j'engage mon honneur et mon crédit pour sauver Jean. Paddy m'attend avec mon meilleur cheval au bas de la colline. Je ne me suis arrêté ici que pour relever votre tête vers le ciel, source de toute espérance. Bon courage, ma fille, je reviendrai avec sa grâce.

MACCOUM, *se plaçant devant O'Grady.*

Non, O'Grady, cette tâche m'appartient.

O'GRADY.

Maccoum! Fanny!

MACCOUM.

Oui, Maccoum le rebelle, le proscrit, celui que le major cherche en vain, celui qui était caché dans la cabane de Nora, pour qui Jean s'est laissé condamner à mort...

o'GRADY, *regardant tour à tour Fanny et Maccoum.*

Et pour qui miss Dalton a voulu assister à la perquisition dans la grange... N'est-ce pas cela, Fanny? (*Fanny baisse la tête, à part.*) Oh! j'ai peur de comprendre! (*A Maccoum.*) Saviez-vous, monsieur, que, sur la demande de miss Dalton, j'avais sollicité et obtenu votre grâce?

MACCOUM.

Je l'ai su ce matin, colonel.

O'GRADY.

Vous avez la lettre de pardon?

MACCOUM.

Elle n'existe plus.

O'GRADY.

Fort bien. Je m'explique enfin, Fanny, l'énigme de vos sentiments et de votre conduite ; elle était moins indéchiffrable que je ne pensais, mais il fallait en trouver la clef.

FANNY.

Pardonnez-moi.

O'GRADY.

Non, je ne vous pardonnerai pas le rôle que vous m'avez fait jouer dans cette triste comédie. Vous aimez ce gentilhomme, et vous alliez m'épouser par dépit! Quel être suis-je donc à vos yeux et que vous ai-je donc fait, Fanny, pour que vous comptiez faire de moi une table funéraire à la mémoire de ce jeune homme? Ne saviez-vous pas qu'une femme qui épouse un homme, quand elle en aime un autre, est bigame avec préméditation?

FANNY.

Ah! mon ami, je vous dirai tout.

PADDY *accourant, à Maccoum.*

Maître, vous ne pouvez plus fuir ; les soldats cernent la colline.

FANNY.

On vous a trahi.

MACCOUM.

Nora, ma pauvre fille, la dernière chance est anéantie.

O'GRADY.

Pas encore. Prenez mon cheval, jamais on n'en a enjambé un meilleur. Voici mon chapeau et mon manteau. Descendez la pente et piquez devant vous pour gagner la grande route!

NORA.

Mais les soldats?

O'GRADY.

Ils croiront que c'est moi. Allez au pas de charge et passez dessus! Allons, monsieur, il s'agit de sauver un homme et de gagner une femme.

MACCOUM.

Colonel, qu'avez-vous dit?

O'GRADY.

Partez, et bonne chance!

MACCOUM.

Oh! je reviendrai! (*Il sort rapidement.*)

NORA.

Il joue sa vie!

O'GRADY.

Pardieu! je le sais bien... je veux voir s'il est digne de prendre ma place.

SCÈNE VII

O'GRADY, FANNY, NORA, MORGAN, LE MAJOR, SOLDATS.

MORGAN, *entrant avec un peloton de soldats et le Major.*

Attention, il est ici.

LE MAJOR.

Halte!

O'GRADY, *se retournant.*

Que cherchez-vous donc, major?

LE MAJOR.

Plait-il?... C'est le colonel!... J'ai cru vous voir à cheval, descendant la colline.

MORGAN.

Ah!... C'était lui... c'était Maccoum... il nous échappe!...

LE MAJOR.

Il n'est pas hors de la portée de nos fusils. Attention!

NORA.

Non! non!

FANNY.

Vous nous tuerez d'abord. (*Elles se jettent devant les soldats.*)

LE MAJOR.

Feu! (*Décharge de fusils.*)

MORGAN.

Cinq cents livres de perdues! Le brigand, c'est la deuxième fois qu'il me vole!

ACTE CINQUIÈME

—

HUITIÈME TABLEAU

La prison. — Même décor qu'au cinquième tableau.

SCÈNE PREMIÈRE

JEAN, *seul, endormi, rêvant.*

Nora... ma chère petite femme... encore un baiser jusqu'à ce soir! (*S'éveillant*) Je rêvais... Non, ma pauvre Nora, tu n'attendras pas le soir, devant ta porte, le retour du facteur de Kildare. Jean la Poste a fait sa dernière tournée, et sa place est retenue sur le char qui ne revient jamais. (*Trois heures sonnent.*) Trois heures... et c'est à midi que je dois mourir... encore neuf heures d'existence!... O Nora, est-ce bien possible que, dans neuf heures, tout sera fini pour moi?

SCÈNE II

JEAN, UN OFFICIER, UN PASTEUR. (*La porte s'ouvre, entrée de l'Officier et du Pasteur.*)

JEAN.

Que me voulez-vous?.. Ce n'est pas l'heure, le jugement porte pour midi.

L'OFFICIER, *déroulant un papier.*

Jean la Poste, l'autorité militaire, en vertu de ses pouvoirs et par mesure de sûreté publique, a décidé que l'arrêt qui vous condamne serait exécuté ce matin, au point du jour.

JEAN.

Ce matin !

L'OFFICIER.

Préparez-vous à mourir dans deux heures.

JEAN, se laissant tomber sur son escabeau.

Dans deux heures, ô Nora ! (L'officier sort.)

SCÈNE III

JEAN, LE PASTEUR.

JEAN.

Qui êtes-vous? Ah! je comprends, vous venez m'aider à mourir.

LE PASTEUR.

Jean, vous n'avez rien à espérer des hommes, pensez à Dieu !

JEAN.

Ah! monsieur, c'est bien dur, quand on avait tant de raisons de bénir la vie... N'avez-vous pas vu à la porte du vieux château une jeune fille?... C'est ma femme, monsieur, nous nous sommes épousés avant-hier... Je suis ici qu'elle est là, attendant le jour, dans l'espoir d'obtenir la grâce de m'embrasser une dernière fois... Ah! quand elle va savoir que ce rayon de soleil que ses yeux appellent doit donner le signal de ma mort... quelle douleur pour elle!

LE PASTEUR.

Songez à votre âme!

JEAN.

Votre Révérence a raison... je sais que je n'ai que deux heures à vivre, et que je devrais écouter ce que vous dites, et préparer mon âme pour l'éternité... mais mon cœur est trop fort pour moi, et je ne puis m'empêcher de penser à la jeune fille chérie que je ne dois plus revoir en ce monde. Mais continuez, monsieur, je tâcherai d'écouter et de me rendre propre à mourir. Oui, monsieur, j'écoute, je ne penserai pas à elle pendant dix grandes minutes. (Le Pasteur approche la lumière de son livre et s'apprête à lire.) Ne disiez-vous pas que vous l'aviez vue à la porte lorsque vous êtes entré?... Pauvre créature... dehors... à la porte... il me semble la voir, la figure contre la grille, essayant de regarder à travers les pierres...

LE PASTEUR.

Mon ami...

JEAN.

Ah! j'ai oublié, monsieur, je vous demande pardon... allez, continuez... je ne pense plus à elle. (Entre le Sergent, Jean court à lui.)

SCÈNE IV

LES MÊMES, LE SERGENT.

JEAN.

Ah! Sergent, l'avez-vous vue?... Où est-elle?

LE SERGENT.

Oui, je l'ai vue.

JEAN.

Vous l'avez vue. (Au Pasteur.) Ah! je vous en prie, ne me demandez pas de penser à autre chose à présent! Dans une heure, je vous reverrai, et alors mon cœur sera entièrement brisé... vous en ferez ce qu'il vous plaira. (Le Pasteur sort.)

SCÈNE V

JEAN, LE SERGENT.

JEAN.

Vous l'avez vue... vous êtes heureux, sergent... Si j'avais pu vous prêter mes yeux... Où est-elle maintenant?

LE SERGENT.

Elle est assise là-haut sur la tour...

JEAN.

Au-dessus de nos têtes... Est-ce par là, sergent... ou peut-être un peu plus de ce côté?... Ah! dites-moi, où est-elle? que je fixe mes yeux et mon cœur sur l'endroit!

LE SERGENT.

Si cette fenêtre n'était pas barrée, vous pourriez la voir, car elle ne la quitte pas des yeux; elle est là, au-dessus de ce coin de la cellule.

JEAN.

Ah! je sais... c'est bien haut... là où la tour est adossée à la falaise... je connais l'endroit... lui avez-vous parlé?

LE SERGENT.

Je lui ai dit ce que j'ai pu... ses larmes coulaient si vite que j'ai eu de la peine à les sécher avec son mouchoir (il tire le mouchoir de Nora qu'il a gardé), et ma foi, j'ai vu le moment où j'étais forcé de crier halte aux miennes.

JEAN, prenant le mouchoir.

Ses larmes sont là. (Approchant le mouchoir de ses yeux.) Sergent, lorsque je serai pour mourir, promettez-moi de me bander les yeux avec ce mouchoir. (Il le met dans son sein.) Et sait-elle que c'est dans deux heures?

LE SERGENT.

Elle le sait.

JEAN.

Elle ne vous a rien dit?

LE SERGENT.

Si, elle m'a dit : Sergent, voulez-vous commander qu'on fasse du feu dans la cellule de Jean!

JEAN.

Du feu? Il ne fait pas froid. (Entrée de deux soldats qui apportent du feu.)

LE SERGENT.

C'est ce que je lui ai dit. Mais elle ne faisait que répéter ces paroles, et je lui ai promis de faire ce qu'elle désirait. (Il va à la cheminée à gauche où les soldats allument du feu de tourbe.)

JEAN.

Ah! pauvre Nora ! je sais ce qu'elle veut... elle verra sortir de la fumée de cette cheminée, et elle saura qu'elle vient de là où je suis. (Entrée du Major. Les soldats sortent.)

SCÈNE VI

LE MAJOR, LE SERGENT, JEAN.

LE MAJOR.

John !

JEAN.

Que me voulez-vous? Ce n'est pas assez d'avoir avancé l'heure de ma mort; il faut encore que vous veniez me tourmenter dans ma prison... Je souhaite, major, que le juge suprême ne vous fasse pas payer à sa façon les sept heures d'existence que vous me volez.

LE MAJOR.

avancé l'heure de ta mort pour m'épargner la peine d'en faire pendre d'autres... Tes amis veulent faire une sédition pour te sauver.

JEAN.

Vraiment, les braves garçons!... Je ne vous savais pas aussi tendre que ça pour les gens de ce pays.

LE MAJOR.

Je serai tendre aussi pour toi, si tu veux... Tiens-tu beaucoup à n'être pas pendu, John?

JEAN.

Je ne m'appelle pas John, laissez-moi au moins mon nom jusqu'au bout!

LE MAJOR.

Jean, si tu veux, ça m'est égal. Réponds, veux-tu ta grâce?

JEAN.

Ma grâce... Que faut-il faire pour cela?

LE MAJOR.

Maccoum nous a échappé pour la seconde fois... tu dois connaître son refuge... fais-moi trouver Maccoum, et je sauve ta vie...

JEAN.

Je m'attendais à quelque chose de ce genre-là.

LE MAJOR.

Eh bien!

JEAN.

Pour qui me prenez-vous donc, major? Croyez-vous que vous avez affaire à un Michel Morgan!!...

LE MAJOR.

Plaît-il?

JEAN.

En voilà assez... la cellule du condamné lui appartient jusqu'à la dernière heure. Je suis chez moi ici, et je paye le loyer assez cher... Faites-moi le plaisir de vous en aller.

LE MAJOR.

Tu refuses?

JEAN.

Est-ce que vous accepteriez, vous, major?

LE MAJOR.

Moi, ce n'est pas la même chose!

JEAN.

Parce que vous êtes un officier et que je ne suis qu'un paysan. Eh bien! Jean la Poste vous aura appris dans son dernier jour une chose que vous ne saviez pas, c'est que l'honnêteté n'a pas besoin d'uniforme.

LE MAJOR.

C'est ton dernier mot?

JEAN.

Mais partez donc, vous perdez votre temps, et (*regardant la fenêtre*) vous me faites perdre le mien.

LE MAJOR.

Je t'ai donné le choix. Adieu, Jean la Poste.

JEAN.

Adieu, major, si nous nous rencontrons là-haut, il y en a un qui baissera les yeux devant l'autre, et ce ne sera pas moi (*Le Major sort.*)

LE SERGENT.

Camarade, il ne me convient pas de médire de mes supérieurs... mais c'est égal, vous avez mon estime.

JEAN.

Est-ce que ça ne vous semble pas tout simple, ce que j'ai fait là?...

LE SERGENT.

Ça me semble tout simple, en effet... mais il paraît que la simplicité n'est pas comprise par tout le monde. Adieu, mon pauvre garçon, vous serez pendu; mais vous ne devez pas le regretter... car vous vous êtes conduit mieux qu'un major. Je vous laisse pendant une dernière heure... mais si vous avez besoin de société, je serai dans le corps de garde... vous n'avez qu'à donner un coup de pied à la porte, et le factionnaire m'avertira.

JEAN.

Vous êtes un brave homme, Sergent.

LE SERGENT, *lui prenant la main.*

Si je refuse l'entrée à votre femme, il ne faut pas m'en vouloir; je suis forcé d'obéir à la consigne.

JEAN.

Je sais bien que c'est votre devoir, et que vous ne pouvez pas faire autrement... j'agirais de même à votre place,... (*Le Sergent sort.*) Ce n'est pas vrai... mais je dois lui dire cela... il croit bien faire... (*La porte se ferme.*)

SCÈNE VII

JEAN, seul.

Maintenant, je puis regarder la place où elle est... C'est par là... Il me semble que j'entends d'ici les battements de son cœur... Non, c'est le mien que j'entends!... C'est la même chose... O Nora, si tu pouvais me parler, si tu pouvais m'entendre. (*Une pierre est lancée par la cheminée.*) Qu'est-ce que cela? (*Il la ramasse.*) Une pierre avec un morceau de papier roulé autour... il y a de l'écriture dessus... C'est elle... ah! voilà pourquoi elle voulait qu'on fît du feu... Sainte ruse, qui se serait douté de sa malice?... elle a tant d'esprit! (*Il baise le papier.*) Ah! que fais-je là?... si je l'effaçais!... allons, lisons! qu'ai-je donc dans l'œil!... (*Il essuie une larme avec le mouchoir de Nora.*) Voilà mes larmes qui s'embrassent. (*Il lit.*) « M m ami, mon époux, je suis près de toi... mes yeux sont fixés sur toi, mon Jean bien-aimé... il me semble te voir lisant ces lignes. Je tends les bras vers toi, ô Jean... que Dieu te bénisse et te fasse trouver le ciel que j'ai perdu ici-bas! » « — O Nora, mon cœur se déchire. (*On entend la voix de Nora chantant une chanson plaintive.*) Chut!... c'est elle... elle veut me montrer qu'elle est bien là... (*Il grimpe à la fenêtre et s'accroche aux barreaux.*) Elle est là-haut et je ne peux la voir... et je ne peux monter vers elle pour essuyer ses larmes, pour la presser encore une fois sur mon cœur... Ah! maudits soient ces pierres et ces barreaux! (*Il secoue les barreaux avec rage.*) Dieu, il me semble... Oui, un barreau a bougé. (*Il le secoue de nouveau.*) Il bouge... (*Examinant la pierre.*) C'est la pierre elle-même qui est fendue... si je pouvais la détacher... (*Il tâche de forcer le barreau.*) Le barreau cède. (*Redoublant d'efforts.*) Encore... encore... Va donc! (*Le barreau se détache et tombe dehors.*) Il est parti, bon voyage. (*Il se penche.*) Boum, le voilà dans l'abîme... Pourvu qu'on n'ait rien entendu. (*Il écoute, Nora continue sa chanson.*) Non... rien ne bouge... La grosse voix de la mer qui bouillonne ici dessous à cent pieds, a couvert le bruit... Elle-même son... attends-moi, Nora, je vais te rejoindre. (*Il ôte son habit et son gilet.*) Le mur est vieux, plein de fentes et couvert de lierres... C'est la mort peut-être... mais je mourrai en essayant de rejoindre ma femme qui m'appelle, et de tromper le gibet qui m'attend... Elle est là-haut, sur le chemin du ciel... Si je tombe, que les anges qui recueilleront mon âme s'arrêtent un instant en passant devant elle, pour que mon souffle l'effleure. (*Il s'évade par la fenêtre.*)

NORA, *reprend sa chanson.*

Air irlandais.

Mon cœur est en peine
De son doux ami;
Ma mort est certaine
S'il s'en va d'ici.
Le flot qui l'entraîne,
Sans retour à foi;
Je sens qu'il emmène
Mon âme avec lui...
O flot cruel, ramène
Mon ami,
Car ma mort est certaine
Loin de lui!

NEUVIÈME TABLEAU

L'extérieur de la tour. — On voit la fenêtre éclairée, par laquelle vient de s'échapper Jean. Il s'est cramponné au lierre; il grimpe après le mur. A mesure que Jean monte, la tour descend. — Obscurité complète. — On voit paraître les fenêtres éclairées de la salle des gardes; on entend chanter les soldats. Une plate-forme paraît avec une sentinelle faisant sa faction.

SCÈNE PREMIÈRE

PREMIER SOLDAT.

Roi de pique.

DEUXIÈME SOLDAT.

Dame de cœur!

TROISIÈME SOLDAT.

Fritz a perdu!

JEAN.

Le corps de garde.

TOUS.

Une tournée au compte de Fritz! hourrah pour la dame de cœur!

LE SERGENT.

Messieurs, il y a ici dessous un pauvre homme qui va mourir dans une heure.

PREMIER SOLDAT.

Bah! il ne peut nous entendre.

TOUS.

A sa santé!

JEAN.

Merci! (*Une masse de lierre se détache de la muraille et tombe en l'entraînant. Il se retient au mur, mais il est caché par le lierre qui le couvre. Une alerte est causée par le bruit. La sentinelle s'arrête et regarde dans l'abîme. Les rideaux de la salle s'écartent; le Sergent tenant une chandelle à la main, et quelques soldats regardent par la fenêtre.*)

LES SOLDATS.

Qu'est-ce que cela!

LE SERGENT.

Ce n'est que cette fille là-haut; elle aura fait tomber quelque pierre.

LA SENTINELLE.

Tout va bien!

LA SENTINELLE.

Tout va bien... (*Le même cri est répété par les sentinelles, au lointain. — On voit le lierre remuer, la tête de Jean paraît parmi les feuilles; il continue son escalade. La tour descend. Arrivé à la plate-forme de la sentinelle, Jean jette une pierre devant le soldat qui se détourne pour voir ce que c'est, puis il profite de ce moment et disparaît derrière un angle du château. — La tour descend, montrant plusieurs étages, et l'on voit enfin le plateau de la montagne sur lequel est Nora.*)

DIXIÈME TABLEAU

Le plateau de la montagne. — Rochers. Débris des sommets du château. Des créneaux en ruine sont au bord de la plate-forme, au bas de laquelle est l'abîme. Au fond, la mer. Clair de lune tremblant dans les eaux.

SCÈNE PREMIÈRE

NORA, puis MORGAN. (*Au lever du rideau, Nora est assise sur un rocher, et penchée sur l'abîme. — Elle achève les derniers mots de son chant plaintif.*)

MORGAN, *paraissant et s'approchant de Nora.*

C'est bien elle... j'avais reconnu sa voix... Elle est venue chanter au-dessus de la tour... pour qu'il l'entendît de sa prison... Les femmes ont de drôles d'idées.

NORA.

Quand la première lueur du jour paraîtra là-bas, ce sera la mort! la mort!

MORGAN.

La mort pour les uns, la vie pour les autres.

NORA.

Morgan!

MORGAN.

Jean est perdu, Nora; un miracle ne le sauvera pas, et vous êtes à moi!

NORA.

Ne m'approchez pas!

MORGAN.

Bah! je finirai par toucher votre cœur.

NORA.

Il se brisera avant!

MORGAN.

Quittons l'Irlande... je vous aiderai à oublier Jean; j'ai de l'or pour deux, Nora.

NORA.

J'aimerais mieux être au bourreau qui va le tuer ce matin.

MORGAN.

Chut! quel est ce bruit! (*Il s'approche et regarde dans l'abîme.*) Je vois remuer quelque chose sur la muraille, là, en bas... C'est un homme qui grimpe par ici... O Nora, venez, regardez!... Votre cœur se brisera plutôt que de m'aimer, dites-vous?... Eh bien! qu'il se brise donc... regardez là... Voyez-vous cette forme cramponnée au lierre, avançant lentement vers nous... Votre cœur ne dit-il pas que c'est...

NORA, *avec un cri.*

Ah!

MORGAN.

C'est lui, c'est Jean, que votre voix a attiré près de vous, à un pas de la mort.

NORA, *tombant à genoux.*

Ah! mon bien-aimé, mon bien-aimé!

MORGAN.

Donnerai-je l'alarme? Une balle de la sentinelle l'enverrait rouler dans l'abîme... ou moi-même, avec cette pierre...

NORA.

Non, non... (*Elle s'accroche à lui.*)

MORGAN.

Je vous l'avais dit que mon jour viendrait, que je vous ferais payer tout le mépris que vous avez eu pour moi...

NORA.

Laissez-moi vous parler, vous supplier!

MORGAN.

Un seul mot. Voulez-vous être à moi?

NORA.

Jamais !

MORGAN.

Alors, qu'il aille au diable!... C'est vous qui le voulez. (Il lève la pierre.)

NORA.

Assassin!.. (Elle se précipite sur lui, lutte. Au moment où Morgan se débarrasse d'elle, on voit les bras de Jean paraître au-dessus des créneaux. Il saisit Morgan qui pousse un cri et tombe dans l'abime. Jean retombe et disparaît. Nora tombant à genoux.) Ah! tous deux!... (Elle cache en sanglotant sa figure dans ses mains. Jean reparaît et retombe sur la plate-forme, à genoux à quelques pas de Nora.)

SCÈNE II

JEAN, NORA, puis LE MAJOR, SOLDATS, puis LE SERGENT, MACCOUM, PADDY, O'GRADY, FANNY, PAYSANS.

JEAN.

Nora !

NORA.

Ah! toi! (Elle s'élance vers lui; ils s'embrassent. On entend les cris des sentinelles. L'alarme est donnée, roulement de tambours, voix de soldats qui approchent.)

VOIX.

Par-là!... par-là!... (Jean se blottit dans un coin. Nora se place vivement devant lui, de façon à le cacher. Entrent des soldats tenant des torches et le Major.)

LE MAJOR, entrant.

Eh bien! quel est ce tapage? Qu'arrive-t-il? Quel est l'imbécile qui s'est laissé tomber de la plate-forme dans la mer?

LE SERGENT.

C'est le prisonnier, major. Il a voulu s'évader en grimpant sur la muraille. Pauvre diable, au moment où on lui apportait sa grâce!

NORA, se montrant.

Sa grâce !

MACCOUM.

Ah! Nora, j'arrive trop tard !

LE MAJOR.

Maccoum!

NORA.

Vous avez sa grâce?

MACCOUM.

La voilà, signée du lord gouverneur. J'ai pourtant crevé deux chevaux pour revenir plus vite. Pauvre Jean!

PADDY, accourant suivi de paysans.

Ils le tiennent... Je l'ai vu retirer de l'eau.

MACCOUM.

Vivant !

LE SERGENT.

C'est impossible !

JEAN, paraissant.

Voyons, dites-moi si je suis mort ou non.

TOUS.

Jean !

LE MAJOR.

Mais alors qui donc a-t-on repêché ?

O'GRADY, entrant avec Fanny et d'autres paysans.

Votre favori, major, et il est à regretter que de braves gens se soient jetés à l'eau pour disputer aux poissons la carcasse d'un pareil drôle.

TOUS.

Morgan!

O'GRADY.

Rassurez-vous, mes garçons, il ne dénoncera plus personne.

NORA.

Il est mort?

LE SERGENT.

La perte n'est pas grande.

LE MAJOR.

Pourquoi diable cet homme s'est-il suicidé?

JEAN.

C'est moi qui l'ai suicidé, major... Il a voulu que j'aille avec lui, mais je n'avais pas le temps... vu que je n'en suis encore qu'au premier jour de mes noces. (Il porte la main de Nora à ses lèvres. Maccoum s'est rapproché de Fanny. — Tableau.)

FIN

Messieurs les Directeurs de province et de l'étranger sont prévenus qu'ils ne peuvent représenter cette pièce sans l'autorisation spéciale des auteurs. La demande d'autorisation doit être adressée chez M. ROGER, agent général des Auteurs dramatiques, rue Saint Marc, 30, à Paris.

S'adresser, pour la mise en scène et la musique, à l'administration du théâtre de la Gaîté, et pour les machines des derniers tableaux, à M. ADOLPHE VARNOULT, chef machiniste.